エリート社長の格別な一途愛で陥落しそうです

～身代わり婚約者が愛の証を宿すまで～

m a r m a l a d e b u n k o

JN052460

marmalade bunko

マーマレード文庫

目次

エリート社長の格別な一途愛で陥落しそうです
～身代わり婚約者が愛の証を宿すまで～

エリート社長の格別な一途愛で陥落しそうです

～身代わり婚約者が愛の証を宿すまで～

第一章　双子の入れ替え作戦

初夏の太陽の光が燦々《さんさん》と降り注ぎ、瑞々しい若葉が煌《きら》めく五月。

はぁ、眠いな……さて、仕事しますか。

昨夜は今日も仕事だということも忘れて海外ドラマに夢中になってしまい、ベッドに入ったのは深夜三時だった。

〝小峰愛美《こみねまなみ》〟と自分の名前の入った社員証を首から下げる。あくびをかみ殺して出勤途中のコンビニで購入したコーヒーを啜っていると、私はにこにこ顔で近づいてくる先輩に嫌な予感を察知した。

「小峰さん！　ごめん、この書類処理して部長に提出しておいてくれない？」

パン、と顔の前で手を合わせた先輩が返事も待たずに私のデスクにそれを置いていく。

「はい、わかりました」

先輩、彼氏とデートなのかな？

「助かるわぁ。今夜ね、合コンなの！　だから残業できなくてぇ、よろしくね」

え？　合コン？　先輩、確か彼氏いるよね？

私が笑顔で承諾すると先輩はルンルンで自分のデスクへと戻っていった。

断りきれない性格は損だ。

私だって忙しいんです！　こんな簡単な計算の書類、自分でやってくださいよって、はぁ……一回でいいからそんなふうに言ってみたい。

西新宿《にししんじゅく》に本社を構える〝オールテス電気〟は従業員数二百人程度の中小企業で、私はそこの経理部に配属されて二年になる。今年は新入社員を採用しなかったため、この部署では私が一番下っ端。先輩や上司はいい人だけど、後輩だからと言って自分の仕事を押し付けてくる人も中にはいる。今みたいに。

「小峰さん、仕事はできるし、そこそこ可愛いし、いい子なんだけどさぁ……ちょっと地味でしょ？　合コンに呼べるタイプじゃないんだよね」

「別に誘わなくったっていいじゃん。彼女、そういうの興味なさそうだし」

もしもーし？　先輩方、バッチリ聞こえてますけど？

彼氏がいるのに合コンなんて行くの？　私には理解できないけどなぁ。

先ほど私に仕事を押し付けた先輩がキャッキャと同僚とお喋りしているのを、黒ぶち眼鏡を光らせてチラッと見る。そして私と目が合った瞬間、ギクリとした顔をして先輩たちはそそくさとオフィスを出ていった。

経理部には男女合わせて十人の社員がいる。オフィスもマンションの一室のように狭い。だから、こそこそ話だってよく聞こえる。

地味、ねぇ。

キーボードに指を滑らせながら手先は仕事をして、頭の中で先輩に言われた『地味』という単語を何度も繰り返す。

確かに経理部の女性社員は皆、綺麗な人ばかりだ。私みたいにカラーもパーマもしていないセミロングの黒髪をひとつにまとめ、眼鏡をかけているような人はいない。私は身長も一五〇センチと小柄で、これといってチャームポイントもない。化粧も嗜み程度しかしてないし、だからこの部署の中では浮きまくっている存在なのかもしれない。

だけど先輩が言うように合コンなんて興味もないし、先日彼氏いない歴三年目を更新した。唯一付き合っていた彼とは学生時代にちょっと仲良くなっただけで、今考えると彼氏と呼べるほど親密でもなかった気がする。手を繋いだことくらいはあってもキスすらしたこともない、もちろんその先だって未経験だ。だからほぼ恋愛経験ゼロと言っても過言ではない。

社内に出会いなんてあるわけもなく、もちろん恋愛小説に出てくるようなイケメン社長や部長なんてうちの会社には皆無。そう思うと人知れず、はぁ、と深いため息が出る。

仕事はそこそこ順調、ルーティンな毎日になにか刺激が欲しいと思いつつも、一体なにをどうすればいいのかわからない。『まだ二十三なんだし、たくさん恋して遊びなよ』なんて言われるけれど、現実はあまりにも理想とかけ離れていて、恋なんてそんな道端に落ちてるようなものじゃないと思っている。だから、彼氏とデートでルンルンしている先輩を密かに羨ましいなんて思ってしまうのだった。

時刻は十九時。

今日もそつなく仕事を終え、私は会社を出てその足でとある場所へ向かった。

母の弟で叔父である山川《やまかわ》健斗《けんと》さんが経営するスパニッシュバル〝イルブール〟に私は週三ペースで訪れている。そこでピアノ演奏のボランティアとして学生時代から手伝いをさせてもらっていて、平凡な毎日の中でこれが唯一の楽しみでもある。

母は世界的にも有名なピアニストで、私に同じ道を歩ませようと小さい頃から懸命にレッスンしてくれたけど、残念なことにその才能が開花することはなかった。

幼少の頃からどちらかというと細かい作業や計算などが得意だった私は、経済学部のある大学へ進み、ピアノは趣味程度に弾くくらい。それを〝もったいないから〟と、叔父が店で弾くように提案してくれたのがボランティアの始まりだった。私のピアノの腕が腐らずに済んだのは叔父のおかげだ。それに美味しいパエリアを叔父が作ってご馳走してくれるという役得もある。

「叔父さん、こんばんは」

「あ、愛美ちゃん、お疲れ！　今夜もよろしくな」

表参道《おもてさんどう》の国道から少し路地に入った大人の隠れ家的なお店のイルブールは、暖かな間接照明の中、十人ほどの来客がアヒージョやタパスなどの地中海料理を囲んで賑わっていた。

店内には、叔父がスペインに旅行に行ったときに買い揃えた青や赤などの色鮮やかなショットグラスや、サグラダファミリアの絵柄のついたオリーブオイルを入れるボトルなどが棚に飾られている。高級感はないものの、これらのアットホームな親しみやすい雰囲気が仕事の疲れも癒やしてくれるようだった。そして出入り口付近にはしっとりとひとり飲みするにはちょうどいいお洒落なテラス席もあり、そして丁寧に磨かれて黒光りしたグランドピアノが店の一番奥に堂々と置かれていた。

「愛美ちゃん、後で飲むだろ？　用意しとくよ」

「ほんと？　いつもありがとう」

「いいって、仕事で疲れてるのにお願いしてるのはこっちなんだ、遠慮すんな」

ニッと口髭を歪めて笑うと、歯並びのいい白い歯が覗く。

今年、五十三になる叔父はダンディなマスターとして雑誌に載るくらい、健康的な浅黒い肌に目鼻立ちのはっきりとした彫りの深い顔立ちをしている。若い頃は南米《なんべい》や、ヨーロッパなどを放浪していたこともあり、海外の知識も豊富な行動派。けれど、そんな自由でワイルドな叔父はいまだに独身だ。

それにしても美味しそうないい匂い。ランチは少なめだったからお腹空いたな。

今にもぐぅ、と鳴り出しそうなお腹を押さえ、私は集中！　と大きく深呼吸してからピアノの前に座った。すると、私の演奏を待っていてくれたお客さんたちの視線が一斉に集まる。

ピアノを弾いている間は嫌なことを忘れられた。私も母のようなピアニストになりたい、という夢を抱いていた時期もあったけれど、結局、なれなかった。中学の頃、才能がないとわかると母に『自分の好きなことをしなさい』と見限られて今に至るといった感じだ。

コンサートなどで世界中を飛び回っていた母は自由奔放な人で、美人だけど癖が悪くて浮気なんてしょっちゅうだった。だから父と顔を合わせてはいつも喧嘩《けんか》ばかりしていた。そんな両親が離婚したのは私が小学五年生のとき。

私には〝小峰優香《ゆか》〟という声や喋り方もそっくりな一卵性の妹がいて、近所では仲のいい双子姉妹と評判だった。けれど離婚の際、私は自ら母について行きたいとお願いし、優香は父元へと引き取られていった。

そんな浮気性な母について行ったのには理由があった。

広告代理店の社長を務める父は毎日仕事が忙しく、家庭のことはまったく顧みずだった。母が孤独感で押しつぶされて毎日泣いていたのを、私は陰でいつも見ていた。浮気をしていたのは父が嫌いになったからではなく、寂しさを紛らわすためだったということも、厳しいだけではなく時には優しく微笑《ほほえ》んでくれるような柔和な一面があることも、たぶん私しか知らない。

だから離婚してさらに母をひとりにさせたくなかった。けれどそんな理由を正直に父に話せば、『自分のせいだというのか』と怒りかねないし、言う必要もないと思ったから誰にも話していない。

しかしそれ以来、娘に裏切られたと思ったのか私に対する父の態度が一変した。話していてもそっけないし、優香のことばかり目にかけるようになった。それからなんとなくギクシャクした関係が続き、いつか和解する日が来ると願いつつも十年近く会っていない。母は離婚後も仕事上の関係で婚氏続称《こんしぞくしょう》したため、母も私も小峰の姓のままだ。

妹の優香とは離れて暮らしていた時期のほうが長かったにもかかわらず、一緒に旅行に行ったりするくらい今でもそれなりに仲良くやっている。

母は私が高校生の頃に再婚したけれど、再婚相手にどうしても気を使ってしまい自立したかったのもあって、大学生になったと同時に私はひとり暮らしを始めた。それからたまに電話をするくらいで、母とはそれっきり会っていない。

母方の実家がある地方に住んでいた私とは違い、優香はずっと都内で父と一緒に住んでいた。けれど社会人になっても父の過干渉がひどく『お父さんが口うるさくてもう我慢できない！』と耐えかねた彼女が、中野《なかの》にある私のアパートへ転がり込んできて三ヵ月前からルームシェアしている。

「愛美ちゃん、いつものあの曲、リクエストしていい？」

「あ、はい。ありがとうございます」

「この店に来る度にあなたの演奏楽しみにしてるのよ」

店内演奏は時間のあるときは五、六曲弾く。お客さんのリクエストなどを聞いてそれに応えると、皆喜んでくれるから私も嬉しい。『また聴きたい』『すごくよかったよ』など、お褒めの言葉をいただいたときは自分が認められたような気がして、ピアノを続けていてよかったと思えた。

演奏を終えると今日も一日終わったという気持ちになる。お客さんたちに挨拶をしてカウンターに座ると、叔父が笑顔でいつものモスコミュールと特製オムレツを持ってきてくれた。

「お疲れさん、今夜の演奏はアップテンポだったから店の中で踊ってる人もいたぞ。ほら、これ食っていきな。夕飯まだなんだろ？」

ふんわりとしたオムレツの匂いに食欲をそそられお腹がぐうぐうと鳴り出す。

「わぁ、美味しそう！　ありがとう、実はペコペコで……」

まずはモスコミュールで喉を潤す。

「そうそう、またラブレター来てるぜ、それと花。サラリーマン風の人が昨日来て、愛美ちゃんに渡しておいてくれってさ」

「あ、う、うん……ありがとう。でも私、そういうのは……」

「だよな」

案の定、私がそう言うと思ったのか叔父は淡いピンクのスイートピーのブーケを手にしたまま眉尻を下げた。

叔父は冗談めいてラブレターなんて言うけれど、中身はファンレターだ。ありがたいことにここでピアノを弾き出してから、そういった類のものをもらうようになった。けれど中にはストーカーじみた気味の悪い内容のものもあって、嬉しい反面、実はどうしたらいいか困っている。叔父にそのことを相談すると、『変だと思ったらすぐに俺に言えよ』『可愛い姪っ子に危害を加えるやつは叔父さんが許さん』と頼もしいことを言ってくれるけど、自分のことで迷惑をかけたくなくて、その話題は敢えて避けていた。

「愛美ちゃんさえよければ花は店に飾っておくよ。手紙もまた変な内容だったら俺が預かっておくし、なんかあったときのための証拠品だ」

「なんかあったときって……もう、縁起でもない。せっかくのオムレツがまずくなっちゃうでしょ」

むくれ顔でそう言うと叔父はゲラゲラと笑い、ブーケをさっそく花瓶に挿した。呑気な叔父の笑顔を見ていると、いつの間にかモヤッとしたものも吹き飛ぶ。

「ところで優香ちゃんは元気か？　最近、全然顔見せないな」

「うん、元気よ、仕事が忙しいみたい。家に仕事を持ち帰ってくることもあるし」

「そうか」

優香は父の会社で秘書として仕事をしている。双子であっても地味で目立たない私と、華やかな雰囲気のある優香。会社でも美人秘書として人気があるらしい。

「叔父さんが寂しがってるって伝えておいてくれ。あんなにピーピー泣いてた姪っ子たちの成長を今でも楽しみにしてるってさ」

ニッと笑っておどけてみせる叔父につい苦笑いしてしまう。産まれたときから知っている叔父にとって、私たちはまだまだ子どものような存在なのだろう。でも、口には出さないけれど叔父は離婚の原因は母にあると思っていて、弟として負い目を感じているようだった。いつも口癖のように『俺がちゃんと責任を持って世話してやるから』と、なにかと私たち姉妹のことを気にかけてくれている。

小学生の頃、両親が忙しくて出席できなかった授業参観も、運動会も学芸会だって駆けつけてくれた。私にとって叔父はもはや親のような存在だった。

「叔父さん、ごちそうさまでした。叔父さんの作るオムレツはいつ食べても美味しいね」

「そりゃよかった」

お腹が空いていたせいか、あっという間にオムレツを平らげてモスコミュールのおかわりをする。

「こんなんでよければいつでも作ってやるさ」

相変わらず優しい叔父に笑顔で返し、満腹のお腹を撫でながらふぅとひと息つく。

そしてなにげなくチラッとテラス席のほうへ視線を向けると……。

「あっ」

うっかり声を出してしまい、下げたお皿を手にした叔父が「ん？　なんだ？」と肩越しに振り向いたから、私は慌ててなんでもないと首を振って笑った。

あの人、来てるんだ！

短く息を吸うと一気に心拍数が上がっていくのがわかる。

こちらに背中を向け、テラス席でひとり座ってワインを飲んでいるスーツの紳士。

話したこともないし名前すら知らない人だけど、一ヵ月くらい前からいつも決まった時間にテラス席でひとり飲みをしているのをよく見かけた。

鼻筋が綺麗に整っていて、切れ長の目には知的さを感じる。一度立ち上がったところを見たことがあるけれど一八〇センチはあると思う。年は三十歳くらい。癖のないサラッとした黒髪は指通りがよさそうだ。ワインを飲む仕草にも品があって、前に彼が会計をするとき、どうしても声が聞きたくてわざとお手洗いに行く振りをして後ろを通り過ぎたことがあった。

――カードで。

たったひとことだけだったのに、その心地いい低音ボイスが今でも耳に残っている。言葉を並べればキリがないけれど、とにかく彼は私の超どストライクゾーンのイケメンなのだ。

必ず一週間に一回は彼を見かける。だから、きっとこの店の常連さんなのだろう。叔父に聞けば彼のことをなにか教えてくれるかもしれないとも思ったけれど、絶対ニヤニヤして茶化されるに決まってる。

でも、あの人、どこかで見たことあるような気がするんだけどな。

その〝どこか〟が思い出せず結局気のせいということにする。

二杯目のモスコミュールを飲み終え、なにげなくバッグの中からスマホを取り出してみると優香からメッセージが入っていた。

【大事な話があるの。できるだけ早く帰ってきて！】

大事な話ってなんだろう？　わざわざメッセージしてくるなんて、どうしたのかな。

私はすぐに【今から帰るね】と返信すると、手を振って叔父に挨拶をしてから店を出ることにした。

　テラス席にはまだあの紳士が座っている。店の出入り口へ向かう途中、すぐ横を通り過ぎるのだけれど……そう思うと一気に緊張してきた。波打つ鼓動を抑えつつ俯き加減で足早に店を出ようとしたとき、一番近い距離でチラッと視線を向けてから思わずドキリとした。

　え、今……こっち見てた？

　いやいや、きっと気のせい。自意識過剰よ。そう、勘違い。

　ブンブンと首を振って自らを否定しつつも、もう一度彼に視線を向けてしまう。すると。

　釘付けになるような柔らかな視線とぶつかり、口元にはほんのり笑みが浮かんでいた。


「ねぇ、愛美、愛美っ！」

「え？　あ、うん」

「もう、ちゃんと話聞いてるの？」

　アパートに帰るとすでに優香は帰宅していた。

シャワーを浴びた後もあの彼と目が合ったことが忘れられなくて、何度もその光景を思い返した。傍らでなにやら優香がものすごい勢いでベラベラ喋っていたけれど、私が上の空だということがわかると優香は口を尖らせてムッとした。怒った顔も私そっくりで、まるで鏡に映った自分を見ているようだ。

「ごめんごめん。で、なんだっけ？　また持って帰ってきた仕事を手伝って欲しいって？」

生乾きの髪の毛をタオルで拭きながら優香を宥めてグラスに水を注ぐ。

入社したての頃は「父親の会社なんだって」「だからコネ入社なんだ」とかなんとか言われ、毎晩泣きながら電話がかかってきて大変だったけれど、彼女の持ち前の明るさで今では立派に仕事をこなしているようだ。

「違うって、私ね、お見合いしたんだってば」

「は!?　え？　お、お見合い!?」

なにそれ!?

なにかと思えばまったく見当違いの返事で、私は思わず水の入ったグラスを落としそうになる。

「だ・か・ら！　さっきからそう言ってるじゃない、全然話聞いてないんだから。まぁ、お見合いって言うよりも紹介されたっていうか……」

そんな話は初耳だ。私と違って彼女の性格はわりとオープンだし、なんでも私に聞いて！　聞いて！　とせっついてくるはずなのに。

「いつ？　誰と？　どこで？」

「う、うん……」

笑顔もなく、俯いて正座している優香の様子から、あまり雰囲気のいい話ではなさそうだ。

私も優香に向き合うように座り、話を聞く姿勢になる。いつも陽気な優香がこんな浮かない顔をしているということは、お見合いになにか問題があったのか。

「父さんの勧めで昨日ね……あのさ、リストランテ・パリメラって知ってる？」

ふと、私と同じ顔を上げて優香が尋ねる。〝リストランテ・パリメラ〟といえば、パリメラホールディングスという大企業が展開している全国的にも有名な高級イタリアンの店だ。雑誌やメディアでもよく取り上げられていて、レストランのみならずカフェや雑貨店なども人気がある。

「知ってるもなにも、あそこのイタリアンは叔父さんだって絶賛するくらい――」

「紹介された相手、パリメラホールディングスの社長さんだったの」

「……へ？」

しゃ、ちょう？　ええっ⁉

日付が変わって隣人も眠っている時間だというのに、私はつい大きな声を出して驚いてしまった。

優香は会社の社長である父に連れられてよく社交界のパーティーに出席していた。そんな華やかな世界で、どこぞの社長や御曹司と出会う機会があってもおかしくはない。優香は私と住む世界が違うのだから。

私はあまり雑誌やテレビも観ないし、実際パリメラホールディングスの社長がどんな人なのか知らない。知っていることと言えば一代で大企業と呼ばれるくらいに会社を成長させ、立派に築いたやり手の若社長ということくらいだ。

あれ？　ちょっと待って？

お見合いと聞いてふと思い出す。確か優香には……。

「優香。確か今付き合ってる彼氏いたよね？」

「そうなのよ！　それなのにお父さんったら、勝手に『いい人がいるんだ。紹介したい』なんて言って話をつけてきてさ」

ああ。なるほどね、だんだん話の筋が見えてきた。

事の顛末の予想がつくと私ははぁとため息をついた。

「結局、断れなかったってことね？」

優香は小さく頷き、しゅんと肩を落とした。

優香は一年前から、大学の先輩の川野健太《かわのけんた》さんというベンチャー系広告代理店の社長と付き合っている。私も何度か優香と三人で食事をしたことがあったけれど、彼の笑顔には人柄の好さが滲み出ていて、優しくて気さくな男性だ。お似合いのカップルだからうまくいって欲しいと思っている。けれど、父が『いつ潰れるかもわからない会社の社長なんて許さん！』なんて言って猛反対しているようで、私もよく優香から愚痴を聞かされた。それに、奇しくも父と同業だからなおさら抵抗があるのかもしれない。

「あ～！　やっぱりキッパリ断ればよかった！」

今更後悔してももう後の祭り、というように優香はカーペットに突っ伏した。

優香と私は、見た目は同じだけれど性格は全然違うと思っていた。でも、断れないところはどうやら同じのようだ。

「黒瀬《くろせ》さんとのこと、お父さんすごく喜んでて……あんな嬉しそうな顔見てたら、私、断れなくなっちゃって……それで会うだけでもいいからって言われて会ったの。仕方なく」

途方に暮れるそんな姿を見て、私はもう一度はぁとため息をついた。

優香の気持ちもわかる。きっと紹介を断って父の悲しむ顔を見たくなかったのだろう。

父も昔からパパっ子だった優香をこの上なく大事にしている。大手企業の社長である黒瀬さんを紹介したのも、自分の娘には幸せになってもらいたいからだ。かと言って優香の気持ちを無視して突っ走るのは腑に落ちない。

お父さんからこんなにも気にかけてもらえているのに……。

こんなことを言ったら怒られるかもしれないけれど、ほんの少し優香が羨ましかった。

同じ姉妹なのに、父は母と離婚してから私には一切見向きもしなかった。浮気性で癖の悪い母の元へ自分から望んでついて行った娘のことなど、どうでもよかったのだろう。私も自分から父に連絡することをしなかったけれど、どんな生活をしてるかなどは時々優香から聞いていた。父のことは嫌いじゃないのに、目に見えない溝があるみたいでなんだか虚しい。たぶん、優香はそんな私の胸の内を知らない。

「それでね……」

取り乱した気持ちをようやく落ち着かせ、優香が私に向き直る。

「愛美にお願いがあるの。一生のお願いっ」

パン！　と顔の前で手を合わせ、優香は頭を下げる。

「まったく、優香の一生のお願いってこれで何度目よ。それで？　お願いって？」

私は優香が可愛い。だからついこんなふうにお願いされると嫌とは言えなくなってしまう。自分にできることなら協力してあげたい。たったひとりの姉妹だから。

「パリメラホールディングスの社長、黒瀬理玖《りく》さんっていうんだけどね、私の代わりにしばらく恋人の振りをして欲しいんだ」

「……は？」

目が点になっている私に優香がなんの屈託もない小悪魔スマイルを向けてくる。

「こ、恋人の振りって、そんなの無理よ……」

前言撤回！　可愛い妹のため、なんて甘い顔をした私が馬鹿だった。

私はリビングの中央にある小さなローテーブルに勢いよく両手をついて腰を浮かす。

「どういうことなの？　もしかして大事な話っていうのは……」

「う、うん……実はね」

恋人の振りをして欲しい、ってことだったの？

優香は人差し指で頬をカリカリしながら言いにくそうに口ごもる。大事な話っていうから心配して急いで帰ってきたのに、恋人の振りをして欲しいなんてあまりにも予想外の展開だ。

嫌な予感がする。父はやがて恋人以上の関係になることを望んでいるに決まってる。

「お父さん、最終的に私を黒瀬さんと婚約させるつもりなんだと思う」

やっぱりね。

一瞬、頭を過った予想が的中し、私はガクリと項垂れる。

「結局、お見合いを断りきれなかった。そういうこと？」

優香の断りきれない性格はもしかしたら私の想像の域を越えているかもしれない。

私が詰め寄るように問うと優香はバツが悪そうに小さく頷いた。

「優香！　お父さんに言われて渋々会ったのはともかく、彼氏がいるのに相手を断れなかったって、どういうつもり⁉」

あまりにもいい加減な優香につい口調が荒くなる。そんな私に「まぁまぁ、落ち着いて」なんて呑気に宥めてくるからさらに怒りが増す。

「今回のこと、お父さんすごく乗り気でね、黒瀬さんもすごく素敵な人だった。お父さんの気持ちに応えてあげたいけど……私、やっぱり健太さんと別れたくない。でも、私がお見合いを断れば……きっとお父さん、怒って彼になにかするんじゃないかって、それが心配なの」

好きな人のことを想うと胸が痛いのか、優香は今にも泣きそうな顔をして肩を落とした。

「お父さんがなにかするって、どういうこと？」

そのことが気にかかって落ち着きを取り戻した私は、口調を和らげて尋ねた。

「お父さん、会社の社長に就任してから変わったよ。利益のためなら手荒い真似も平気でする。この間だって、仕事先で少し気に入らないことがあったからってあっさり契約切っちゃったし……たぶん、愛美の知ってるお父さんと今のお父さんは別人だよ」

私の中の父の記憶は小学校五年生のときで止まっている。

別人、か。

優香にとっては優しくて頼りがいのある父なのかもしれないけれど、私は幼心に父には冷たい一面があると薄々感じていた。

昔、両親が離婚する前、夜中にふたりが話していたのをこっそり聞いてしまったことがあった。

『愛美は優香と違って可愛げがなさすぎる』

『離婚したらお前と一緒に暮らしたいなんて、愛美の考えていることは理解できん』

ショックだった。なにかにつけて優香と比較されていると思っていたけれど、優しくていつも楽しい父がそんなふうに言うなんて。

優香のことが大事でお見合いが思い通りにならなかったら……彼女が懸念していることが起こりうるかもしれない。

健太さんの会社になんらかの圧力をかける、とか？　いやいや、いくらなんでもそんなことお父さんがするわけ――。

ない。と思いたいけれど、父の冷たい一面を知っているからこそやりかねないのでは？　という疑念が湧き起こる。

「それで、私はなにをすればいいの？」

まだ了承したつもりはないけれど、私はとりあえず話だけ聞くことにした。すると、前向きな私の言葉に優香はパッと顔を明るくさせた。

「来週の土曜日、とりあえず黒瀬さんとデートして欲しいんだ。あ、これ黒瀬さんの連絡先ね」

え？　デ、デート!?

「ちょ、待ってよ」

呆気に取られていると目の前にスッと名刺を差し出された。

――株式会社　パリメラグループ代表取締役社長　黒瀬理玖
白地にシンプルな会社のロゴが入った名刺を手にし、まじまじとそれを眺める。

一体どんな人なんだろう？　想像だけが膨らむけれど、私はとんでもないことに足を突っ込もうとしているんじゃないかと思うと少し不安になる。

「優香の代わりに私がデートしたとして、万が一バレたらどうするの？」

「大丈夫よ。だって、私と愛美は見た目が一緒でしょ？　髪の長さも色も、身長だって、それに声までそっくりじゃない？　これでバレたらある意味すごいよ」

「そうは言ってもねぇ」

小学生のとき、親でさえどっちがどっちだか見分けがついていないことがあった。

とはいえ、いくら双子でも成長していくにつれ、それぞれ個性というものが出てくる。けれど、私と優香は二十三歳になった今でもその個性が一緒なのだ。昔、双子の姉妹が入れ替わる恋愛ドラマを観て、現実にそんなことが起こるわけない、と思ったけれど、今現実にそれが私の身に起ころうとしている。

「う～ん、もう仕方ないなぁ、わかったわよ」

悩んだ挙げ句、結局〝イエス〟の返事をしてしまう。

はぁ、やっぱり断れない性格は損だ。

「どうなっても知らないからね。それに恋人の振りなんてずっとは続けられないよ？ 私だってまだ結婚する気なんてさらさらないんだから」

「大丈夫だって、恋人の振りっていってても愛美ならきっと大丈夫だと思う」

なにを根拠に大丈夫なんだか、もう、どうなっても知らない！

なんて思いつつ、呑気ににこりと笑う優香を見ていると不謹慎にもちょっと面白くなってきたかも……なんて気になってくる。

会社に行っていつもの仕事をして、ピアノを弾いて帰宅しての繰り返しの平凡な日々の中で、降って湧いたような〝刺激〟に私は、戸惑いと不安の中に人知れずわくわくしたものを感じていた。ほんの少しだけ――。


今日も清々しい五月晴れ。

私の会社には小さな中庭があって、ランチタイムをそこで過ごす社員も多い。

午前中の仕事を終え、ひとり木陰のベンチに座ってコンビニで買ったおにぎりにかぶりつきながら、黒瀬さんの恋人の振りをするということをぼんやりと考えていた。好きな食べ物、趣味や口癖、化粧の仕方などそういった細かい部分も徹底的に優香に寄せるため、週末のデートまでにマスターする必要がある。

考えてみれば今まで優香のこと、こんなに意識したことなかったなぁ。

見た目はそっくりでも微妙な好みがいくつか違ったりする。例えば、優香は野菜が嫌いだけど私は好き、映画の趣味だって恋愛ものが好きな私とは違い、優香は大のホラー好きだ。黒瀬さんの恋人として優香と入れ替わるといっても、お見合いでまだ一回しか会ってないんだし、黒瀬さんだってどこまで優香のことを知ってるかわからない。

だからそんな身構えなくても大丈夫だよね？

完全に拭いきれない不安をそう思うことで払拭しようとする。

そろそろオフィスに戻らなきゃ。

食べ終わったおにぎりのゴミを袋にまとめ、ベンチから立ち上がろうとしたときだった。バッグの中のスマホが鳴る。私の知っている限り、こんな時間に電話をしてくるのは優香くらいだ。

どうせ優香からだと思って確認もせずに電話に出ると、それは意外な人物からだった。

『もしもし、黒瀬です』

「えっ？」

咄嗟に耳にあてがったスマホを離して画面を確認すると、『黒瀬さん』と名前が出ていた。

そういえば、名刺にあった黒瀬さんの電話番号を登録しておいたんだった。

『今、電話しても平気か？　この時間は昼休憩だと言ってたから』

「え、ええ。はい、大丈夫ですよ」

『ならよかった』

胸に手をあてがい、バクバクと高鳴る心臓を抑えつけ大きく深呼吸する。

うっかり「もしもし、優香？」なんて言わなくてよかった。

『週末のことなんだけど、君のリクエストを聞いておこうかと思ってさ』

リクエスト？　そんなこと急に言われても思いつかないよ。

デートなんて久しぶりすぎて、以前、自分がどんなデートをしていたかすら忘れかけていたくらいだ。

「あ、あの……すみません、パッと思いつかなくて……お任せします」

はぁ、お任せしますなんて一番困る返事だよね。

つくづく自分が気の利かないつまらない女だと思い知らされる。

『わかった。じゃあ、こっちで考えておくよ。ごめん、いきなり電話したりして』

「いいえ。連絡ありがとうございます」

『週末、楽しみにしてる。それじゃ』

それだけ言うと、黒瀬さんは手短に電話を切った。

初めて聞く黒瀬さんの声は低くて、ゆったりと落ち着いた口調だった。

デートのリクエストを聞くだけなのにわざわざ電話をしてくるなんて、律儀な人なんだなぁ……なんていいように解釈してしまう。

はっ!? でも待って、なんで優香じゃなくて私のスマホに電話がかかってくるの?

それって変じゃない?

優香が黒瀬さんに私の連絡先を教えたなんてひとことも聞いてない。

まさか。

私はそこでようやく気がついた。優香が初めて黒瀬さんに会ったときから、姉妹の入れ替え作戦は彼女の頭の中で仕組まれていたのだと。

もう! 優香ってば、勝手に私の番号教えるなんてありえない!

キッパリ断ればよかった！　なんて泣きそうになりながら言ってたくせに……あれもこれも全部優香の演技だったってこと？

優香は私の性格をよく知っている。私が「恋人の振りなんて絶対に嫌！」なんて言わないという自信があったのだ。

そういえば、優香は昔からずる賢いところがあったな。すっかり忘れてた。コンビニ袋を手のひらでぐちゃっと握りしめ、文句をしたためたメッセージを送ってやろうかと思ったけれどやめた。『わかった』と言ってしまった手前、もう引き返せない。それに黒瀬さんには私の連絡先を知られている。今更文句を言ったところでのらりくらりと誤魔化されるだけだ。

何度も何度もため息をついて、つくづく自分の損な性格を呪いながら私はオフィスへ戻った――。

第二章　まさかの相手

「愛美、ほら、また耳朶《みみたぶ》いじってる」

「え？　あ、うん、ごめん。なんか落ち着かなくて」

あっという間に黒瀬さんとのデート当日がやってきた。

私は小さい頃から極度に緊張すると無意識に耳朶をいじる癖がある。だから私が緊張して心が乱れていることなど、優香には容易にわかってしまう。

髪を下ろしコンタクトにして、優香が使っている化粧品でメイクもした。ベージュの半袖ニットワンピースに薄地の白いカーディガンを羽織って、鏡を見るとそこに映っている姿は自分でも優香とまったく見分けがつかなかった。常々思っているけれど、こんなに優香とそっくりなんて我ながら感心してしまう。

「じゃあ、行ってくるね」

「うん、頑張って」

にこにこ顔で手を振る優香に見送られ、私は家を出た。

面白くなってきた。なんて楽観的に思う反面、私、大丈夫？　ちゃんと優香になりきれてるよね？　と不安と高揚が入り混じった奇妙な感じに振り回される。

電車に乗っている間も私の心臓は休まることなく、ずっとドキドキと乱れた鼓動を打ち続けていた。


待ち合わせ場所は渋谷《しぶや》にあるフレンチレストラン。昨夜、黒瀬さんから電話がきてまずはそこでランチをしよう、ということになった。

優香ってば、人の気も知らないで……。

『恋人の振りして、なんて言って初めからそのつもりだったんでしょ⁉』と優香に問い詰めてみたけれど、案の定、笑って誤魔化された。当の本人はというと、今日は彼氏の家でお泊まりだそうだ。

週末の渋谷駅はいつも以上にごった返していた。人混みが苦手ですでに気疲れしながら目的地のレストランへ到着すると、その店の雰囲気にゴクッと息を呑んだ。

待ち合わせの店は駅から少し離れた高層ビルの十階にあり、天井には煌びやかなシャンデリアが吊されていて、コバルトブルーの絨毯《じゅうたん》が目を引いた。昼間からこんな高級そうな店に入っていいものかと気後れしてしまう。

「いらっしゃいませ」

店の前で戸惑っているところへ女性スタッフに声をかけられて、待ち合わせの旨を伝えると「こちらへどうぞ」とにこやかなスマイルで奥へと案内された。ただでさえ初めて黒瀬さんと会うということだけでいっぱいいっぱい緊張しているのに、さらに店の高級な雰囲気に煽《あお》られる。

あぁ、緊張する！　どうしよう。

耳朶に手をやりかけて慌てて止める。ドクンドクンと心臓の鼓動が鼓膜にまで響いて逃げ出したい衝動に駆られる。そして案内された先に、黒瀬さんと思われる男性が背を向けて座っているのが見えた。私は何度も深呼吸を繰り返して彼に歩み寄り、「お待たせしました」と声をかけようとしたけれど……一瞬で言葉を失った。

えっ？　う、嘘でしょ。

黒瀬さんの顔を見た瞬間、私の思考回路がショートした。

「ああ、待ってたよ。この店の場所、ちょっとわかりにくかっただろう？　さ、座って」

信じられなかった。私の目の前でにこやかに笑う男性。なんとなく見覚えのある後ろ姿だと思ったけれど、あまりの緊張でそんなこと思い返す余裕もなかった。

「どうかした？」

「え、あっ、す、すみません」

耳に心地いい低音ボイス、指通りのよさそうなサラサラの黒髪、綺麗に整った鼻筋と切れ長の目……。

まさか、人違いだよね？　どうしてイルブールにいつも来るあの人がここにいるの？

真っ白なテーブルクロスと同じように私の頭の中も真っ白になる。なぜなら、黒瀬理玖さんという人がイルブールで見かけるあの紳士だったからだ。

挙動不審な態度じゃ怪しまれちゃう。ちゃんとしなきゃ。

「お待たせしてしまったみたいで、すみません」

そう言いながら平静を装い向かい合わせに座る。

こうして真正面から彼の顔を見たのは初めてだった。いつも斜めからとか横からしか見ることができなかったけれど、見れば見るほど人違いじゃないと思わされる。

私は優香、私は優香……。

そう自分に言い聞かせて緊張をほぐそうとするけれど、黒瀬さんはあまりにも素敵な人で目を合わせるのにも困る。

彼は爽やかな白いシャツに七分袖の黒いカジュアルなジャケットを羽織っていて、

イルブールで見るスーツ姿も素敵だけれど、私服姿も清潔感があってもっと素敵だった。

「この店、久しぶりに来るんだ。オーナーと知り合いでね、小さい店だけど料理はうまいから、一応コース料理を予約してある」

「ありがとうございます。楽しみです」

黒瀬さんは「まずはおすすめのワインで乾杯」と言って、赤ワインの入ったグラスをカチンと合わせる。

黒瀬さん、ワインが好きなんだね。

イルブールでも彼がよくワインを飲んでいるのを見かけた。グラスの脚を持って口に運ぶ綺麗な仕草に既視感を覚える。

お店で見かけるだけの存在だった憧れの人が目の前にいるなんて……信じられない。

会話の中で墓穴を掘らないように慎重に言葉を選ばなければならない。そう思うと、ますます気の利いた話題が思い浮かばなかった。

「一度会ってるんだし、肩の力を抜いて気楽に話そう」

ガチガチに緊張している私の身体をほぐすように彼がやんわりと笑いかけた。

そうだ。優香とは一度会ってるのにこんなに緊張してたら変だよね？　なにから話そう？

テーブルの下で無意識に握りしめていた膝の上のナプキンの皺をサッと伸ばし、私もその笑顔に応える。

「素敵なお店ですね。そういえば黒瀬さんのお店はフレンチでしたよね？　私、フレンチも好きなんですけど実はまだパリメラの店には行ったことがなくて……」

運ばれてきた前菜のテリーヌを口に運びながら苦笑いすると、黒瀬さんが少し怪訝《けげん》そうに首を傾げた。

「え？　行ったことがない？　そうか」

も、もしかして、いきなり余計なこと言っちゃった？

はっ!?　そういえば優香は同僚とパリメラによく行くって言ってたっけ。

もし優香がお見合いのときにそんな話をしていたら完全に辻褄《つじつま》が合わない。あまりの緊張で空回りしてしまいつい口が滑った。それに、いくらなんでも行ったことがないなんて失礼だったかな……。

お見合いのときにだいたいどんな話をしたか優香から教えてもらったはずだけど、手始めに他愛のない世間話からするんだったと後悔する。

「あ、あの、友達とはよく行くんですけど、こういうデートでは行ったことがないっていう意味で……」

うぅ、いくらなんでも無理やりな言い訳だよね？　もう、変な汗出てきた。

私はその場を誤魔化すように乾いた笑いを浮かべ、ごくごくと水を飲んで喉を潤した。

「ああ、なるほど。じゃあ、今度連れて行くよ。デートでぴったりの雰囲気のいい店舗があるんだ。きっと君も気に入ると思う」

黒瀬さんは私の話に違和感なく納得したようで私もホッと胸を撫で下ろす。

彼との会話はまるで綱渡りみたいね。

メインディッシュは私の好きな白身魚のポワレだったけれど、ほぐれることのない緊張にその味を堪能する余裕もなかった。

下手に私から話を切り出すとまたさっきみたいにボロが出る。そうだ、だったら黒瀬さんの出方を窺おう。

「あの、初めてお会いしたとき、私、すごく緊張してしまって……色々聞いたと思うんですけど、黒瀬さんのこと、もう一度教えてくれませんか？」

「ああ。いいよ、俺の話なんかでよければいくらでも」

よし！　これで直接黒瀬さんから情報を引き出せる。うまく話を合わせればなんとかなりそう。

黒瀬さんは神楽坂《かぐらざか》のマンションにひとり暮らしをしていて、大学卒業後はイタリアで過ごし、ミラノでシェフとして五年修業を重ねて店を出したとか。会社が軌道に乗るまでの間、色々苦労があったみたいだ。そして今は取締役として恵比寿《えびす》にある本社で経営のほうに回っているなどの話をしてくれた。彼の口調は優しくて、穏やかで思わず聞き入ってしまうのが不思議だった。

「この間、仕事で北海道《ほっかいどう》まで行ってきたんだ。東京《とうきょう》じゃもうすぐ梅雨の時期だけど、あっちはまだ肌寒かったな」

「北海道までですか……遠いのに、大変でしたね」

「取引先の会社に挨拶に行ったんだ。仕事なのにいつの間にか観光になっていたけどね」

そう笑顔で語る黒瀬さんに、自然と私も笑みがこぼれる。

私とは住む世界が違いすぎるよ……。

ワイングラスを手にしただけで優雅な雰囲気が漂い、食事をする姿も上品でひとつひとつの所作が綺麗だ。育ちの良さが垣間《かいま》見えてそんなことを思ってしまう。

「店を出したとき、君のお父様に少しお世話になってね、今でも懇意にしてくれてるんだ。それでうちの娘に会ってくれないか？　って突然言われて驚いたけど、またこうして会ってくれて嬉しいよ」

なるほど、事の経緯はそういうことだったんだ。

なぜ父が黒瀬さんのことを知っていたか少し気になっていたけれど、どうやら仕事繋がりだったようだ。

黒瀬さん、すごくいい人じゃない。優香も彼氏がいなかったら、黒瀬さんと付き合っていたのかな。

なんてことをふと考えてしまう。

「どうかした？　なんだか考え込んでいるみたいだけど……もしかして、料理が口に合わなかったとか？」

考え事をして黙りこくる私を怪訝に思ったのか、黒瀬さんが心配げに顔を覗き込んできた。

「いいえ！　すごく美味しかったです。こんなお料理、普段食べないので……あっ」

そう声をかけられて咄嗟に俯き加減になっていた顔を上げる。そしてワイングラスに手を伸ばしたとき……やってしまった。

手が滑って赤ワインの入ったグラスが傾き、咄嗟に押さえたものの私の白いカーディガンにワインが派手にこぼれてしまった。

「す、すみません！」

「大丈夫か？　慌てなくていい、こういうときのためにここの店、近隣に提携してるクリーニング店があるんだ。ちょっと待ってて」

黒瀬さんはそう言って近くのスタッフを呼んだ。

「彼女のカーディガン、今すぐクリーニング出せますか？　少し急ぎなんだけど」

「はい。かしこまりました。それではお客様、お召し物をお預かりします」

そんな、クリーニングだなんて、ちょっと拭けば大丈夫なのに。あぁ、私の馬鹿！　デートなのにこんな失態、恥ずかしすぎる。

「時間はたっぷりあるし、デザートを食べ終わった頃には間に合うはずだ。汚れた服で一日過ごすのは嫌だろう？」

確かにシミになっても困るし、白地だから赤ワインは目立つ。

にこやかに笑う黒瀬さんに促され、カーディガンを脱いでスタッフの手が汚れないようにシミの部分を内側にして渡す。

「すみません……」

穴があったら入りたい！　落ち着きのない女だって呆れられちゃったかも。

半袖のワンピースだから急にカーディガンを脱いで腕回りが心もとない。

「気を取り直して別の話でもしよう。けど、ハプニングのおかげでこうして君と話せる時間が延びたのは嬉しいけどな」

まっすぐに見つめられて心臓が鷲掴みされたみたいになる。黒瀬さんの目は綺麗だった。彼に自然と引き込まれていくのがわかる。うっかり「イルブールでいつも飲んでますよね？」と言いそうになってその言葉をぐっと呑み込んだ。

「実を言うと、君とまた会えるのをすごく楽しみにしてたんだ。子どもみたいだって思うだろう？」

予想外のことを言われてドクンと胸が鳴った。

「わ、私も、楽しみにしてました」

私の咄嗟の返事に黒瀬さんはにこりと笑う。けれど彼は、今自分の目の前にいるのは優香だと思っている。私も優香だと思い込ませるように振る舞っているけれど、なんだか妙な気分になった。

余計なこと考えるのはやめよう。動揺したらまた今みたいにヘマしちゃうかも。それにしても黒瀬さん、すごく面倒見がいい人なんだな……。

「あの、もしかして弟さんか妹さんがいますか？」

ハプニングにも迅速に対応してくれて、その気の使い方といい、黒瀬さんは私と同じで下に弟か妹がいるのでは、と思って尋ねてみると、彼が一瞬目を丸くして私を見た。

「すごいな、どうしてわかったんだ？　お見合いのときにそんな話はしてなかったと思うけどな。確かに弟が三人いるよ」

三人も弟さんがいるのね。やっぱり黒瀬さんは面倒見のいいお兄さんって感じがするもの。

「なんとなくそう思ったんです。私にもきょうだいがいるので……」

黒瀬さんは双子だなんて知らないはずだし、これくらい話しても大丈夫だよね。

気を取り直してしばらくすると、スタッフの人がデザートを持ってきてくれた。

「わぁ、季節感があって美味しそうですね」

それはさくらんぼゼリーとフランボワーズのムースにソルベが添えられていて、ふわっと甘くていい香りが鼻をくすぐる。見た目も可愛らしくて思わず笑みがこぼれた。

さっそく口に入れると、蕩ける舌ざわりと甘酸っぱさが広がって手が止まらなくなる。

「そのデザート、どうかな？」

テーブルに軽く頬杖をついて口元を綻ばせ、黒瀬さんが尋ねてきた。じっとまっすぐ私を見つめる瞳にドキッと胸が鳴る。

「君のそんな表情を見てると、料理人として冥利に尽きるよな……って、俺が作ったわけじゃないけど」

「お料理ってまるで音楽みたいですよね。曲調があるように酸っぱかったり甘かったり味にも変化があって……あっ、すみません、なんか変なこと言っちゃって」

つい独りよがりの意味不明な返答をしてしまった自分が恥ずかしかった。昔から飾ったり、気の利いたことが言えないたちで、私の変な食レポに黒瀬さんは考え込むような仕草で少し戸惑っているようだ。

「曲調……か、今までそんなふうに言われたことなかったから、ちょっと斬新な感想だな。いい意味でね。今日食べたコース、実はここのオーナーと一緒に考案したレシピなんだよ」

「え、そうだったんですか？」

前菜もスープもメインもデザートも全部美味しくて、食べるのがもったいないくらい見た目も素敵だった。

「腕のいいシェフがふたりも揃って考えたレシピなら美味しいはずですよね。そうと知っていたらもっと味わって食べればよかったです」

先ほどまであんなに緊張していたというのに、黒瀬さんと話しているうちに自然と緊張がほぐれてきて、気がつけば笑って話せる余裕まで出てきた。これも彼の魅力のひとつなのだろう。

「料理を曲調に例えたり、君は面白いな。ますます興味が湧いたよ」

じっと見据えられると胸が射抜かれたようになる。やんわりと目を細め、優しさに溢れたその笑顔にもっと彼のことを知りたい、と今まで考えもしなかったことを思ってしまう。

頬が熱を持ち始め、「興味が湧いた」と言われたことにどう返事をしようか困っていると、タイミングよく女性スタッフが綺麗になった私のカーディガンを持ってきてくれた。

「こちらご確認くださいませ」

「ありがとうございます。お手数をおかけしました」

丁寧な対応にペコリと頭を下げてそれを広げてみると、先ほどこぼしたワインのシミは跡形もなく消えていて、むしろ新品購入時のような仕上がりになっていた。

「すごく綺麗になりましたね。あの、お代のほうは……」

「こちらのお客様からすでにいただいております」

「え、そんな」

咄嗟に黒瀬さんのほうへ向き直ると、彼はふっと目を細めて笑った。

「これでも君をエスコートしてるつもりなんだ。男の甲斐性ってやつだよ、気にしないでくれ」

そう言われてしまい、黒瀬さんの笑顔に甘んじて私はもう一度小さく「すみません」と口にした。

「あの、なにからなにまでありがとうございました。お料理もすごく美味しかったです」

いまだに優香のお見合い相手の黒瀬さんが、イルブールに来る紳士だったなんて信じられなかった。男性に食事を奢ってもらうなんて数えるほどしかない私は情けないことに戸惑ってばかりだ。

何度もお礼を言うと黒瀬さんは首を振って優しく私に微笑んでくれた。

「満足してくれたみたいでよかったよ」

店を出ると時刻は十六時。

レストランには途中のハプニングもあり三時間近くいた。

初めは何度も途中で引き返したくなるくらい緊張しっぱなしだったけれど、会計が終わって店を出るときには〝時間が経つのは早い、もっと話していたい〞なんて思うくらいに気持ちが変わっていた。彼と一緒にいるとなんとなく心地いい。私の緊張をほぐそうと気を遣って色々面白い話をしてくれたし、ワインをこぼしたときも嫌な顔ひとつせず優しかった。

ずっと憧れだったイルブールの常連さんと、こんな形でデートするなんて不思議よね……。

「よければこれから映画を観に行かないか？　ホラー好きなんだろう？」

「え？」

ぼーっとレストランでのことを思い返していると、突然話しかけられてドキッとする。

そうだ、優香は大のホラー好きなんだった。そんな話をしていたなんて……まさか、これからそのホラーを観に行くなんて言うんじゃないよね？

「今、大ヒット上映中の〝漆黒の海の死体〞だっけ？　前に話してたけど、ホラー好きならその映画を観るのもありかなって思ってたんだ」

黒瀬さんはそう言うと、私の心中もお構いなしにキラキラの笑顔を私に向けてくる。

はっ!? 〝漆黒の海の死体〟っていったら、めちゃくちゃ怖いって噂《うわさ》の?

〝漆黒の海の死体〟は、今話題のホラー映画でよくCMにも流れている。その度にチャンネルを変えたくなるほどだ。

彼はにこりと笑って目が点になっている私の手を取った。

そうだ、黒瀬さんは私のことを優香だと思ってるんだった。喜んでもらおうとしてるんだよね、だったら私もそれに応えないと……。

「あはは、嬉しいです。楽しみですね、映画」

とびきりの笑顔を作っているつもりだけど、頬がピキピキと強張っているのがわかる。

いきなり手を繋がれる困惑と、急遽ホラー映画を観に行くという流れに、どうしていいかわからなくなってしまう。

ホラーなんて観たくない! あぁ、でも黒瀬さん行く気満々だし。

ロマンス映画だったら喜んで行きたいところだ。優香がよく私が怖がるのを面白がってわざと自分が観たホラー映画の感想を聞かせてくるけれど、私はずっと耳を塞ぎっぱなしなくらい、この手のジャンルは本当に苦手だ。

「じゃあ、そうと決まれば行こうか」

私の心の叫びは届くことなく黒瀬さんがギュッと私の手を握り直す。

そんな彼の笑顔はやっぱり素敵だった――。

もうこうなったらなるようになれだ！

映画館はレストランから少し離れた場所にあった。

「ここの映画館、よくひとりでレイトショーに来るんだ。音響に定評のあるところで臨場感がたっぷり味わえるよ」

「へ、へぇ……」

臨場感たっぷり!?　どうしよう！　怖さ倍増ってことだよね？

タイミングよく上映時間前だったようでシアタールームの清掃作業も済み、中に入ることができる状態だった。

「じゃあ、行こうか。さっき移動中にネット予約したからすぐに入れるよ」

「……そ、そうなんですね、ありがとうございます」

黒瀬さんはぬかりない、いつだって用意周到だ。

もう行くしかないよね……。

その入り口は、まるで地獄への門のように見えた――。

「こっちだよ」

黒瀬さんがスムーズにチケットを発券して席まで案内してくれる。飲み物を尋ねられたけれど「大丈夫です」と首を振った。きっと飲み物すら喉に通らないくらい上映中は余裕がないかもしれない。

黒瀬さんが私の横に座り肩が触れ合うと、彼からふわりと清潔感漂う爽やかな香りがした。なんだか薄地の袖から互いの体温を交換し合っているみたいでドキドキする。

映画なんて何年振りだろう。最後に映画館で映画を観たのは元彼とだった。

『ほかに好きな人ができた』と言ってあっさり振られてしまったけれど、私は全然悲しくなかった。好きだったけれど、自分がつまらない女だったから振られたのだと、逆に彼に対して罪悪感を覚えた。

黒瀬さんは、私といて楽しいって思ってくれてるのかな？

そんなことを考えているといつの間にか映画が始まった。

〝漆黒の海の死体〟は今注目の俳優陣を起用して制作され、監督も〝ホラーの巨匠〟と呼ばれている有名な人だった。映画はヒロインのストーカーが殺人鬼に変貌していくという内容で、イルブールで私宛てに送られてくる手紙のことととリンクするともう恐怖の塊でしかなかった。

「大丈夫？」

上映中、無意識にブルッと身体を震わせどことなく落ち着かない私に、黒瀬さんが囁いた。思わずヒャッと変な声が出てしまいそうになるのを咄嗟に抑える。

「え、ええ。平気です」

小声でそう答えると、黒瀬さんは私の指先を包み込むようにしてやんわりと手を握った。

「指先が冷たい。寒いのか？」

違う。そうじゃない。恐怖でただ血の気が引いているだけだ。けれど、ホラー好きと思われている手前そんなこと言えないし、私は無言でブンブンと首を振った。

前に座っているカップルの女性が怖いシーンになると、彼氏に凭《もた》れかかるように顔を伏せている。私だって怖い。けれど黒瀬さんにそんなことできるわけもない。逃げ場のない私はどうすることもできなかった。

あぁ、もうトラウマになりそう。でも黒瀬さんに手を握ってもらえるだけでホッとする。なんだか守ってもらっているみたい。

ずっと、こうして手を繋いでいたいな……。

彼の手の温もりは、恐怖で硬直した私の身体を落ち着かせてくれるようだった。

上映時間は二時間半。

映画館から出てきた頃にはすっかり日も暮れていた。

き、きぼぢわるい……。

顔面蒼白《そうはく》でよろめきながらなんとかシアタールームを出て手すりに掴まる。

映画は恐怖でいっぱいいっぱいの私に追い打ちをかけるかのようなスプラッター系のホラーで、ランチをしたばかりの胃を容赦なく刺激した。

「大丈夫か？　顔色が優れないな。とにかくどこかに座ろう、立っているのも辛そうだ」

「はい……」

はぁぁ、情けない！　映画観ただけでフラフラしちゃうなんて。

黒瀬さんに身体を支えられ、私は近くのベンチに座った。たぶん、あのまま歩き続けていたら、今頃どうなっていたかなんて想像もしたくない。

「正直に答えて欲しいんだけど……ひょっとして君、ホラー映画苦手なのか？」

「えっ!?」

黒瀬さんに顔を覗き込まれ、私はギクリと目を丸くする。

もしかして優香じゃないってバレた⁉

「えっと、実は……ですね、その――」

なんとか言い訳を考えなければと思って無意味な言葉を並べていると、黒瀬さんがにこりと笑った。

「なんだ、やっぱり苦手だったんだな。どうりで様子が変だと思った、無理させてすまない」

黒瀬さんの大きな手が私の頭にそっと乗せられる。まるで慰められる子どもみたいだ。

「俺は素の君の姿が見たいんだ。だからなにも飾る必要なんてない」

「黒瀬さん……」

視線が合って見つめ合うだけで胸がキュッと締めつけられる。

なにこれ、どうしよう……すごい胸がドキドキして、苦しい。

黒瀬さんの瞳はなんの淀《よど》みもなく綺麗に澄んでいて、そこに映っていたのは彼の偽りの恋人である私の姿だった。

週明けの月曜日。

デートの終わりは最悪だった。

映画を観終えて、気分が悪くなってしまった私に『無理させられないから』と言って、黒瀬さんがその場でタクシーを呼んで自宅まで同乗して送ってくれた。初めはあんなに嫌々だったのに、おかしなことに別れ際には名残惜しい気持ちでいっぱいだった。それなのに、黒瀬さんに余計な気を遣わせてしまい、しかもろくにお礼を言えないまま別れた。

週が明けても自己嫌悪を引きずって、私は自分の犯した大失態に今にも押しつぶされそうになっていた。

黒瀬さん、今頃仕事かな？　休みの日って土日なのかな？　社長だから関係ないとか？　だとしたら週末はデートのために時間を割いてくれたの？

ポンポンと黒瀬さんについての疑問詞が浮かぶ。こんな気持ち初めてだった。

今度会ったらデートのこと謝ってお礼言わなきゃ……ってまた今度があるかどうかもわからないのに、なに考えてるんだろ。

私って人のことをこんなに気にするタイプだったっけ？

はぁ。

心の中で重く長いため息をつく。

私はいつものように仕事を終え、今夜もピアノ演奏のためにイルブールに来ていた。ピアノを弾いている最中、チラッとテラス席のほうを気にして見たけれど黒瀬さんは来ていないみたいだった。

まさかイルブールのあの常連客が黒瀬さんだったなんて……しかもすごくいい人だったし。

自分でもよくわからない状況のまま、優香に根掘り葉掘り聞かれても困ると思っていたけれど、優香が帰宅したのは昨日の夜遅くだった。今朝もすれ違いでまだデートのことは話せていない。

「愛美ちゃん、お疲れ。今夜は叔父さん特製のシーフードパスタだぞ。ほら、食ってけ」

「わぁ、ありがとう。いただきます」

叔父の料理は美味しくて、ついつい食べすぎてしまう。そろそろ本気でダイエットしないと危険だ。

スツールに腰掛けスマホを手に取ると、着信の後にメッセージが入っているのに気づく。

黒瀬さんからだ！　あぁ、演奏中だったから電話に出られなかったんだ……話したかったな。

そんなことを思いながら受信BOXを見てみる。

【体調のほうはどうだ？　週末は楽しかった。ありがとう。また会いたい】

また会いたい……また会いたいって!?

思わずスツールから立ち上がりそうになり、眼鏡越しにそのメッセージを食い入るように見つめる。

落ち着いて。とにかく後で返信しなきゃ。

「愛美ちゃん？　どうしたの？　ニヤニヤしちゃって、なんかいいことでもあった？」

「え？　べ、別に」

叔父に怪訝な顔をされても今はどうでもいい。だって、黒瀬さんが【また会いたい】って言ってくれた。そんなのニヤニヤしちゃうに決まってる。

急に恥ずかしくなって、俯きながら何度も黒瀬さんからのメッセージを読み返す。

「ふ～ん、男だな？」

ドキリとして勢いよく顔を上げると、叔父が親指と人差し指で顎を挟みながら意味深に唇を歪めた。

「お、男だなんて、そんな。違うって！」

「俺の観察眼を見くびるなよ？　男に想いを寄せてぽーっとなってるときの女の顔はよく知ってるんだ」

「なんでそんなこと……」

叔父は「さぁな」と言って唇の端を押し上げると、仕事に戻っていった。茶化されるのは嫌だったけれど、なぜだかそれもこそばゆく感じてしまうから不思議だ。ふと、カウンター横の鏡の柱に映っている自分の顔を見てみる。

デートのときとは違い、髪もひとつにまとめて眼鏡をかけ、化粧もほとんどしていない地味な雰囲気に、現実を突きつけられているようでげんなりする。外見だけは装えても、中身は簡単には変えられないのだ。

やっぱり私は優香にはなれないよね、中身は全然違うもの。

もう何度目かになる重いため息をつきながら再びテラス席に視線をやるけれど、そこには黒瀬さんではなく別の男性が座っていた。

今夜は来ないのかな？

まだ一週間は始まったばかりだ。もしかしたら水曜に会えるかもしれないし、金曜かもしれない。

万が一、ここで黒瀬さんに会ったとしても、今の私は優香の姿じゃない。声をかけられることもないはずだ。もちろん私からも声をかけることもできない。

そう思うと切なさが込み上げてくる。

今度はいつ会えるのかな？　また電話かかってこないかな……。

ため息に蓋をするようジントニックが入ったグラスに口をつけたと同時にバッグの中から着信が聞こえた。また優香からかと思ったけれど、電話の相手は……。

「もしもし？」

『こんばんは、もう仕事は終わったか？』

「黒瀬さん!?」

すごい。黒瀬さんのことを考えていたら本当に電話が来ちゃった！

さっきメッセージが来たばかりでこんな偶然、予想もしていなかっただけに焦る。

会いたい気持ちが伝わったのかも。なんて思うと急に鼓動が高鳴った。

『今、中野の近くに仕事で来てるんだ。あと少しで終わるんだけど……君さえよければ少し会えないか？』

「はい。今、まだ新宿《しんじゅく》なんですけどすぐに帰ります」

『急がなくていいから。じゃ、また』

通話終了をタップする。この喜びをどう表現したらいいのかわからず、ただスマホをふるふると握りしめた。

黒瀬さんに会えるなんてっ！　しかも今から！

店にお客さんがいる中、降って湧いたような幸運にうっかり万歳ポーズをしそうになってしまう。

ん？　でもちょっと待って、黒瀬さんと会うってことは……この顔じゃだめだよね？

今の私は愛美だ。黒瀬さんの前では優香でなければならないことを思い出し、私は慌てた。

「叔父さん、もう帰るね！　ごちそうさま」

「おう、気をつけて帰れよ」

叔父に見送られながら店を後にすると、私は駅のほうへ向かって歩き出した。

時刻は二十一時。

私の地元は都心と違い、住宅地へ入ると途端に人気も少なくなる。

以前、優香からもらったリップやマスカラなどの化粧品がたまたまポーチの中に入っていたのは幸いだった。もらってそのままポーチに入れっぱなしにしていたようだ。

私はさっそく駅の化粧室で優香メイクをし、髪の毛も下ろして整えた。さすがにコンタクトは持ち合わせていなかったけれど、「ドライアイで今日は眼鏡なんです」という言い訳もバッチリ考えてある。

私の住んでいるアパートは家賃こそ安いけれど、駅から少し離れた場所にあるのがひとつ不便なところだ。電車の中で優香からメッセージが入っていて、今夜は急遽飲み会になったらしい。

早く黒瀬さんのことを優香に話したいのに、タイミング悪いんだから……。

そんなことを思いながら人通りの少ない路地に入ったところで、私はふと背後に気配を感じた。

その気配は直感的になんとなくいい気がしなかった。浮かれた気持ちにピリッと緊張が走る。

誰かにつけられてる？　黒瀬さん、じゃないよね？

歩く足を止めると足音が消える。そして再び歩き出すとまた足音がする。気づかれないような距離を保ちながら私の歩くスピードに合わせている。こんな怪しい歩き方、彼ならしないはず。

気のせい？　ううん、気のせいなんかじゃ……。

コンビニでもあればそこに入って様子を窺うこともできたけれど、この辺は閑散としていてなにもない。すると、こんなときに限って週末に観た映画でヒロインがストーカーの男に追いかけられているシーンがフラッシュバックした。

——待て！　お前を殺して俺のものにしてやる！

——いや、来ないで！　誰か、助けて！

こ、怖い！

ゾワッと背筋に悪寒が走る。

私は素早く横道に逸れ、別の道を辿って人通りのある駅のほうへ逆戻りしようとした。けれど急に目の前に大きな影が立ちはだかって、行く手を阻まれた。

え？

黒瀬さんかな？　なんて思って恐る恐る顔を上げてみる。

私の目の前に立っていたのは、まったく見覚えのない四十代くらいのサラリーマン風の男性だった。

「こ、こんばんは……あの、新宿にあるイルブールでいつもピアノを弾かれている方ですよね？」

今まで背後にいたかと思っていたのに、いつの間に回り込んできたのだろう。その男は薄ら笑って私を見ている。全身が硬直して目を逸らすこともできない。

「あの、そこどいてください」

身長は高くなく痩せており、眼鏡をかけている。怯える私のことなんかお構いなしで男はヘラッと笑った。

「今夜はなんだか雰囲気が違いますね。いつも髪を束ねて眼鏡をかけているのに……でも、どんなあなたでも素敵ですよ。あ、僕の手紙を読んでくれましたか？」

「あ、あのっ」

「一生懸命あなたのことを想像しながら書いたんです。あ、花束も、あなた宛てに渡したはずなのになぜか店に飾られていましたが……もしかして迷惑でしたか？　あの、せめて名前だけでも教えてくれませんか？」

私に言葉を挟ませたくないのか、男は立て石に水のように喋り続けた。何度も眼鏡のフレームを押し上げてどことなく落ち着かない。

「人違いです」

ここで肯定したらイルブールでピアノを弾いている演奏者であることを認めることになる。男が人違いをしたと思わせるために私は否定し続けた。この男のしていることは明らかにつきまといでストーカー行為だ。気味の悪い手紙を送りつけてきた犯人もきっとこの人だろう。

「人違いだなんて、そんなはずありません。さっき店にいたでしょう？　ずっとつけて来たんですから。ああ、それにしても今夜のピアノも相変わらず素敵でした。けど、誰かと電話で話をしてましたよね？　誰なんです？　あなたの頬が赤く染まっていくのを見ていたら……気になってしまって、誰と会うのか突き止めたくな――」

「もうその辺にしとけ、彼女がこれから会う相手は俺だよ」

そのとき、不意に低く鋭い声がして、その声の主がわかると恐怖ですっかり縮こまってしまった身体がふっと緩む。

「黒瀬さ……」

「な、なんだっ、お前」

ストーカー男のすぐ背後に黒瀬さんの姿が見えた。後ろめたい行為を第三者に見られたと、焦った男はその場から逃げようとした。

「おっと、待てって」

「ひっ！」

黒瀬さんがその腕をがっちりと掴み、男は身動きが取れなくなった。まるで合気道の技のようで関節を制している。〝警察に電話してくれ〟と目で合図され、私はハッと我に返るとすぐにスマホを手に取った。

「大丈夫か？」

通報した後、すぐに警官が駆けつけてストーカー男は黒瀬さんによって突き出された。

彼は慌てふためく私とは違い、冷静にその状況を対処していた。すごく頼もしくて、そしてなにより……かっこよかった。

「は、はい……なんとか。助けていただいてありがとうございます」

ストーカーに後をつけられて、まさかその本人と遭遇するなんて考えもしなかった。店に花束や気味の悪い手紙を送りつけられていても、そのうち落ち着くだろうと安易に考えていた。けれど実際、そのストーカー男が目の前に現れたら恐怖で頭の中が真っ白になってしまった。

「思ったより早くこっちに着いたから、アパートの前にあるコインパーキングで車を停めて待ってたんだ。そうしたら妙な男がうろうろしていて普通じゃないなって嫌な予感がしてさ」

すごく怖かった。

黒瀬さんはいまだに怯えながら俯く私の肩を引き寄せ、「もう平気だ」と優しく頭を撫でた。ホッとしたら全身から力が抜けて涙が出そうになる。

「もし、君に万が一のことがあったら、と思ってその男のことを陰で見てたんだよ。まさか、本当に君に手を出すつもりだったなんてな」

同じ男として呆れる、と言わんばかりに黒瀬さんは私の頭の上で深いため息をついた。

先日のデートで具合が悪くなったとき、送りのタクシーに同乗してくれていたため、黒瀬さんは私のアパートの場所をちゃんと覚えてアパートまで来てくれていたのだ。

黒瀬さんがいなかったら今頃……。

そう思うと、身の毛もよだつ。

「そういえばあの男、君が店にいたとかなんとか言ってたけど……」

「え、あ、たぶん誰かと間違われてたんだと思います。店なんて知らないし、今までずっと仕事してましたから」

イルブールで私がピアノを演奏しているなんてバレたら大変！

優香じゃないって気づかれてしまうかもしれないし、黒瀬さんが叔父に私のことを尋ねたらおしまいだ。けれど真実を隠せば隠そうとするほど嘘で塗り固めなければならず、それと同時に心苦しい罪悪感が生まれる。そうわかっていながら私は咄嗟に誤魔化すようなことを言ってしまった。

「まだ怖い？　平気か？」

違うことを考えて曇り顔をしていた私に黒瀬さんが心配そうに声をかけてきた。

「もう平気です。だいぶ落ち着きました。黒瀬さんに会えて嬉しかったです」

これは私の本当の気持ち。優香を演じての取り繕った言葉じゃない。けれど、彼の胸に届くのはすべて優香としての言葉だ。それがどうしても歯がゆい。

黒瀬さんは目を細めてふわりと笑顔になり、そうかと思うとキリッと真摯な顔つきに変わった。

「今夜会いたいって言ったのは、君に伝えたいことがあったからなんだ」

「伝えたいこと？」

まさか「本当は優香じゃないんだろ？」とか「騙したな」とか言われるんじゃ？

ドキドキしながら何度も唇を濡らして身構える。やっぱりバレたかな、思ったより早かったなぁ、ごめん優香……なんて思っていると。

「君のこと、本気なんだ」

頭に降ってきた言葉が信じられなくて、俯き加減の視線を咄嗟に上げる。まっすぐ見つめてくる黒瀬さんの視線とぶつかると、その瞳から私は逃れられなくなっていた。しばらく見つめ合い、沈黙する。

今、なんて？

「ごめん、いきなりだったな、ただ俺の本心を伝えたかっただけなんだ。それにまだちゃんと言葉にできていないだろう？」

「え？」

「俺は結婚も視野に入れて君と真剣に付き合いたいと思ってる」

ほんのり照れくさそうに小さく笑う黒瀬さんを見ていると、勘違いしそうになる。頭の中でこれは全部優香への言葉なんだとわかっているのに、まるで私への告白のようで切なくなった。

「まだ出会ったばかりだし、結婚なんて言われても困ると思う。だから俺とのことを少し考えて欲しいんだ。そして君の気持ちもちゃんと聞かせてくれないか？」

聞けば聞くほど私の顔は真っ赤になりゆでだこのようにのぼせてしまう。

黒瀬さんとは、ただの恋人同士……なんだよね？

私は最終的に、黒瀬さんからこの縁談はなかったことにしてもらおうと目論《もくろ》んでいた。黒瀬さんのほうから断られれば、父もうるさく言わないはずだ。それに、仕方ないと優香と恋人との関係を認めてくれるようになるかもしれない。それなのに、結婚を視野に入れた付き合いになんて発展したら話がややこしくなる。けれど、自分の気持ちはどうなんだと誰かから尋ねられたら、きっと黒瀬さんともっと深い関係になりたいと答えてしまうだろう。

どうしたらいいの?

優香として黒瀬さんとの関係を終わらせなければならない反面、愛美としては彼と一緒にいたい気持ちが勝る。そして私はいけないとわかっていながら「わかりました」と小さく頷いた。

私の前向きな返事に黒瀬さんがホッとしたように微笑む。その笑顔が私の罪の深さを疼《うず》かせた。

「すみません、なんだかストーカー騒ぎで遅くまで付き合わせてしまって」

「いいんだ。俺が会いたいって言ったんだし。それに、ああいうのは警察からしっかりお灸《きゅう》を据えてもらわないと、また同じことを繰り返すかもしれないしな」

聞くと黒瀬さんは合気道の有段者で、今でも時間があれば稽古をしているという。

武術を身に着けているという事実に、ただでさえイケメンなのにさらにかっこよさが増す。

「君を守れてよかった。いつだって俺を頼ってくれていいんだ」

彼が笑みを浮かべる度に胸が高鳴って仕方がない。ドキドキしている心臓をぐっと拳で押さえつけると、黒瀬さんが私の顎に指を滑らせた。

え……？

あまりにも自然な動作だったから身構える隙がなかった。唇に水気を含んだ温かな感触。気づけば私は彼に唇を重ねられていた。けれどそれは一瞬で離れ、今のは一体なんだったのかと目を瞬かせると、徐々に頬が熱を持ち始める。

「どうした？」

「い、いえっ、少しびっくりしただけで……」

いつまでも言葉に詰まっている私を怪訝に思ったのか、黒瀬さんが顔を覗き込んでくる。

私はゆでだこみたいになっている顔を見られたくなくてサササッと前髪で隠し、恥ずかしくて俯いた。耳朶まで真っ赤になっているのがわかる。顔が上気して眼鏡のレンズが今にも曇りそうだ。

「そういえば、今夜は眼鏡なんだな」

「そ、そうなんです。私、ドライアイで長時間コンタクト着けられなくて……」

眼鏡のことを突っ込まれたときの口実をあらかじめ考えておいてよかった。本物の優香は最近レーシックを受けて眼鏡から卒業したんだけど。

「眼鏡姿も可愛いな」

「え？」

「いや、こっちの話。さ、今日はもう遅いから君を部屋まで送っていくよ。すぐそこだけど」

紳士な黒瀬さんはそう言って部屋まで私を送り届けた後、神楽坂のマンションへ帰宅した。


はぁ、もうどうしよう……これ以上、恋人の振りなんて無理。いつかバレるに決まってるし、黒瀬さんを騙し続けるなんてもうできない。

こんなつり橋を渡るようなこと、いくら心臓があっても足りないよ。

ストーカー事件から数日後。

警察から電話がきて『犯人の男は猛省しているようで、厳重注意しておきました』と連絡があった。これで、妙な手紙もなくなると思うとホッとする。これも全部、黒瀬さんのおかげだ。優しくて、かっこよくて、頼りになる、最高の人。それなのに、私は彼に対して欺くようなことをしている。私の中で、罪悪感が爆発するのも時間の問題のような気がしてきた。

それにしても黒瀬さんの唇、柔らかかったな……。

不意打ちでキスをされたあのときのことを思い返すと、それだけでまたドキドキと鼓動が乱れ出す。

「愛美、愛美ってば！　お茶こぼれてる！」

「え？　わっ」

優香に言われてハッと我に返る。見るとテーブルがお茶の海になっていた。

「もう、さっきからずっとぼーっとしちゃって、ほら、これで拭いて」

「ごめん、ありがと」

私も優香も今夜は仕事が早く終わって、すでに帰宅している。ようやくゆっくり彼女と話ができそうだ。それなのに私は黒瀬さんのことをどうやって話したらいいか、ああでもないこうでもないと言葉選びに時間がかかっていた。

優香に手渡された布巾でテーブルを拭きながら、もう何度目かになるため息をつくと、優香がニヤッとして私を見た。

「心ここにあらずって感じだね。もしかして黒瀬さんのこと考えてるんでしょ？」

「……うん」

「あら、素直に認めるじゃない」

こんなところで誤魔化したって仕方がない。だから私は正直に頭の中が黒瀬さんのことでいっぱいだと白状した。

「優香に言いたいことが山ほどあるんだから、全部聞いてよね」

「わかった、わかった。それで？　黒瀬さんとはどんな感じなの？」

お茶を改めて注ぎ直してソファに座ると、優香が「それで？　それで？」と目をキラキラさせながら私の正面で膝を抱えて座った。そして素敵なレストランで美味しい食事をしたこと、ワインをこぼすという失態や、ついでに優香がホラー好きとか黒瀬さんに余計なことを言ったせいで苦手なホラーを観るハメになったという文句も言った。

「ごめんごめん、まさか映画を観に行くことになるなんて想像もしてなかったから」

パンと目の前で両手を合わせて〝ごめん〟のジェスチャーをする。

優香は能天気に笑っているけれど、せっかくのデートで黒瀬さんに迷惑をかけてしまった心残りは拭えない。

「それに私、パリメラに行ったことないってうっかり本当のこと言っちゃって、なんとかフォローしたけど、怪しまれたかも」

冷静になってデートのことを思い返すと、自分でも気づかずに不自然なことを言ってしまったのではないかと不安になる。

「じゃあさ、今度パリメラの本店に行ってみたら？　そうすれば話のネタにもなるでしょ？」

「そうね……」

優香の言う通り彼の情報を目で確かめることも必要かもしれない。今度連れて行ってくれると言っていたけれど、口先だけで誤魔化し続けるにも限界があった。それに、黒瀬さんの店がどんなところなのかも気になる。

「でも、簡単に入れる店じゃないよ」

高級レストランであるパリメラは気軽に行けるような場所じゃない。給料日前で財布がひもじい私に比べ、高給取りの優香にとってはいつでも気兼ねなく行ける店なのかもしれないけど。

「愛美？」

浮かない顔をしている私を優香が怪訝そうに覗き込む。

黒瀬さんのことをもっと知りたい。けれど……。

恋人の振りがいつまで続けられるかわからない、という不安を言おうか言うまいか迷っていると。

「愛美、本当のところ黒瀬さんのことどう思ってる？」

突然、優香が思わぬ質問をぶつけてきてドキリとする。

「どうって、黒瀬さんはすごくいい人だよ。ただそれだけ」

「本当に？　あのね、私、自分のことしか考えてなくて……愛美には悪いと思ってる。これ以上恋人の振りをし続けることはできないって言われたら、私、どうしたらいいか……」

双子は言葉にしなくても考えていることがわかる、というのはこのことだ。

まだ口にしてない私の胸の内を察してか、そう言って優香は顔を曇らせて俯いた。

優香が今の彼氏と交際していられるのも、私が代わりに恋人として黒瀬さんと付き合っているからだ。私の気持ち次第ですべてが変わってしまうということを、彼女は重々承知している。

先にそんなこと言うなんて、優香はやっぱりずるい。私だって不安なのに……。

黒瀬さんは気が利くし、紳士でかっこよくてなにもかもがパーフェクトだ。だから、優しくされる度に騙している罪の意識が徐々に大きくなってきている。それこそ最初はゲーム感覚で面白いかもなんて思ったけれど、やっぱりそんなふうに割りきれない。すべてを知られてしまったときのことを考えると怖かった。それに、私が本気で黒瀬さんに特別な感情を抱いてしまうのも……。

「優香、私ね――」

やっぱり恋人の振りをし続ける自信がない、そう自分の気持ちを伝えようとしたそのときだった。テーブルに置かれた優香のスマホが鳴り、「お父さんからだ」と言って彼女は自分の部屋に戻るでもなくその場で話し始めた。

『優香か？　お父さんだ。調子はどうだ？』

スマホから微かに聞こえる懐かしい父の声。父は優香が私と同居していることは知っていて、それでも家を出た娘が心配なのか週に二、三度電話をしてくる。もちろん私には一回もかかってきたことはないし、優香伝手に代わって会話をしたこともない。私の連絡先だって知らないはずだから当たり前なんだけど。

「うん。なにも特に変わってないよ、元気」

優香と父が電話で会話をしている光景はいつだってまるで仲睦まじい。まるで他人の親子を見ているようだ。

お父さんの声って昔から変わってないな。

男性にしては少し高めでそれがかえって優しく聞こえる。

「え？　デートの話？　もう、お父さん黒瀬さんに直接電話して聞いたの？」

突然、彼の名前が優香の口から出てきてドキッとする。

どうやら優香と黒瀬さんの現在の状況が気にかかって父が彼に連絡を入れたようだ。黒瀬さんと今、付き合っているのは優香ではなく、姉の私であることも知らず、聞こえてくる声音は機嫌がよさそうだ。

「お父さん、あまり私たちのこと詮索しないでよ？　黒瀬さんだっていちいち聞かれたら迷惑だよ。うん、うん、わかってるって。じゃあね、もう切るね」

そう言って電話を切ると、はぁと深くため息をついた。

「ごめん。それでなんの話してたっけ？」

気を取り直して優香がニコッとするけれど、父のことを考えていたせいで私もなにを今まで話していたかすっかり忘れてしまった。

「お父さん、なんだって？」

会話の糸口を手繰り寄せ優香に尋ねる。すると、彼女の表情が複雑なものに変わる。

「黒瀬さん、愛美と……というか私とのこと本気なんだって、それを聞いてお父さんも喜んじゃってね……」

「そう、なんだ」

『君のこと、本気なんだ』

真摯な眼差しに見つめられながら黒瀬さんに言われた言葉を思い出す。彼が本気なのは私じゃない。そう自分に言い聞かせるけれど、波打つ鼓動は乱れるばかりだ。

やっぱり恋人の振りはまだ続けなきゃ、ってことだよね？　でも、万が一、本当に結婚なんてことになったら？

あぁ、そんなの絶対だめ！

いくらなんでも黒瀬さんに申し訳なさすぎる。こんな恋人ごっこみたいなことして、彼が本当のことを知ったらと思うと気が遠くなる。

「愛美、ひょっとして黒瀬さんのこと好きになっちゃったりして？」

頭を抱えて天井を仰ぐ私に、優香が核心を突いたことを言ってくるからますます動揺を隠せなくなる。

「ない！　そんなこと！　だって、私は黒瀬さんのこと騙してる立場なんだよ？　好きになんて……そんな資格ないよ」

そう。私に彼を好きになる資格なんてない。いくら黒瀬さんが素敵でも、そんなことあってはならない。

「なんだかそれって、自分にそう言い聞かせてるみたい」

「え……」

優香に鋭く指摘されてハッとする。黒瀬さんのことを好きになってはいけないと思えば思うほど、彼のことが頭から離れなくなっている自覚はある。

「ごめん、変なこと言っちゃった。今のは忘れて」

言葉に詰まって固まる私の肩にポンと手を乗せて優香が立ち上がる。

「もう寝るの？」

「うん、明日も早いからね」

私と優香はそれぞれ自分の部屋を持っている。テレビやソファがあるリビングはその中間地点だ。優香が部屋のドアを開け、肩越しに振り返る。

「愛美、黒瀬さんのこと絶対好きになったと思ったんだけどなぁ」

「え？　なんでそんなふうに思うの？」

するとと優香がニッと笑う。

「だって、この前見ちゃったし？　黒瀬さんが愛美にキスしてるとこ」

「なっ……」

はぁっ!?　嘘、なんで？　まさか、あのとき優香に見られてたってこと？

ストーカー事件の夜、優香は飲み会だと言っていたけれど、ちょうど帰り道にタイミング悪くあの場に居合わせていたのだ。きっと、電柱の陰に隠れてしっかり見ていたに違いない。

「ふふ、愛美があんなに可愛い顔するからてっきり……ふたりがうまくいってくれたら私も嬉しいんだけどね」

「もう、馬鹿っ」

クッションを投げつけると、優香は素早く部屋に逃げ込み、クッションは虚しくドアに当たって落ちた。

なにがあんなに可愛い顔、よ！　私が一体どんな顔してたっていうの？　恥ずかしいな。それにふたりがうまくいってくれたらってどういうこと？　私と黒瀬さんがうまくいったら困るのは優香じゃない。

悶々としながら時計を見たらすでに0時を過ぎていた。

もう寝よう、優香に付き合ってたらいくら時間があっても足りないんだから。

自分の部屋に入って思い切りベッドに倒れ込み、ふと黒瀬さんのことを思い浮かべる。

どうしてなにも考えていないと彼のことばかり考えちゃうんだろ。

これって好きってこと……じゃないよね？　ううん、そんなんじゃない。

ふるふると首を振って枕に顔を埋める。

とにかく、黒瀬さんのことを理解するためにもまずは身近な情報からね。

埋めた顔を枕からむくっと上げてスマホを手に取ると〝パリメラ　イタリアン〟で検索をした。すると一番上にパリメラグループのホームページを見つけた。タップしてみると、代表取締役の欄にある黒瀬さんのプロフィールが目に入った。そこにはちゃんと顔写真も掲載されている。

イルブールに来ている黒瀬さんを見たときの、どこかで見たことあるかも？　という既視感はやっぱり間違いではなかったと確信した。

そうだ、思い出した。私、一回だけ大学の友達が上京してくるからどこかいい店ないかなって探したことあったっけ……。

このホームページを見たのもそのときだ。たまたまイルブールの黒瀬さんとパリメラの黒瀬さんが重ならなかっただけで、顔だけは記憶の片隅に覚えていたのだ。

それにしても黒瀬さんって知れば知るほどすごい人なんだな。

〝黒瀬理玖〟と検索すると、オンライン百科事典にもその名前が載っている。私は寝なきゃと思いつつも彼のことが気になって、スクロールする指を止めることができなかった。

え、両親が？

生い立ちのところに書かれていたことに目が留まり、私は目を見張って何度も読み返した。

――両親は彼が高校生のときに他界。その後、三人の兄弟の面倒を見ながら奨学金を得て大学へ進学。

黒瀬さんは決して小さい頃から御曹司のお金持ちで、なに不自由なく暮らしていたわけじゃなかった。今の彼があるのはすべて本人が必死に努力したおかげ。そういえば、デートのときも社長だからといって鼻にかけることも、いけ好かない態度も一切感じられなかった。

きっと誰に頼るわけでもなくひとりで頑張ってきたんだ。

両親がいない寂しさはなんとなくわかる。自分のことでいっぱいいっぱいのはずなのに、黒瀬さんは兄弟の面倒まで見ていた。社長と言えば横柄で偉そうというイメージがあったけれど、彼は全然違った。

真面目で優しくて、きっと頼りになるお兄さんなんだろうな。

もう、なに考えてるんだろ。さっきから黒瀬さんのことばかりだ。

『君の気持ちもちゃんと聞かせてくれないか？』

ふと、黒瀬さんの言葉が脳裏に蘇る。

彼に対する私の気持ち……そんなのわからない。

きっと心のどこかでもう気づいているんじゃないかと思う。けれどそれは決して認めてはいけない感情。

私は無意識に浮かんでくる彼の姿をブンブンと首を振って掻き消し、布団にもぐってギュッと目を閉じた。

第三章　黒瀬の疑惑

「はい。今夜十九時に大人一名で……即日予約ですみません、よろしくお願いします」

翌日の昼休み。

私はいつものように会社の中庭にあるベンチに座って、散々悩んだ挙げ句ついにパリメラの予約を取った。黒瀬さんに今度連れて行ってもらうのを待とうかとも思ったけれど、逸《はや》る気持ちを抑えられなかった。

平日の夜でひとりだったからか、比較的予約も取りやすかった。本当は仕事終わりにふらりと立ち寄れるような場所ではないのだけれど、週末はもしかしたら黒瀬さんからデートに誘われるかもしれないし、と思い時間を空けておくことにした。

ストーカー事件から一週間。黒瀬さんからちょくちょくメッセージは来るものの、会ってはいない。

多忙を極める社長なんだから、きっと私と会う暇なんかない。だからこっちから下手に連絡しないほうがいいよね。

私は握るスマホをじっと眺めた後、バッグにしまった。

優香の振りをして黒瀬さんにバレるのが怖い。だからそうならないようになんとか仕向けなきゃ。私がこうまでするのにはほかにも理由がある。優香とその恋人のことだ。

荷が重いな……でも、あのふたりがうまくいってくれるならそれでいい。

そんなことをぼんやり考えながら、私は午後の仕事に戻った。


レストラン予約時間の十九時。

黒瀬さんの店であるパリメラ本店は恵比寿にある。行ってみると自社ビルのグランドフロアに店舗があり、その上が本社オフィスの階層になっているようだ。五階建てで間接照明が白い外壁を照らしている。

うぅ、気楽に入れるような場所じゃないのはわかっていたけど、さすがにこの恰好はまずかったかな。

私は仕事を早々に終わらせて化粧も普段のままでやってきた。きらりと眼鏡を光らせひざ丈の淡いピンクのスカートに白いカットソーというカジュアルな恰好で、ドレッシーな装いとはほど遠い。髪の毛くらいは下ろそうかと思ったけれど、一日中ゴムで結んでいたため、くっきり癖がついてしまっていて結局結んだままだ。

「いらっしゃいませ」

「あ、あの、十九時に予約をしていた小峰ですけど……」

意を決して店に入ると、綺麗な女性コンシェルジュが笑顔で出迎えてくれた。

わ、すごい……。

店内はクラシックが優雅に流れていて、ギラギラしすぎない程度の静かな照明が心を落ち着かせてくれた。所々に季節の花と観葉植物が飾られていて、テーブルにはピシッと糊の利いたクロスが一寸の歪みもなくかけられている。床にはサイドに刺繍を施した絨毯が敷いてあって、まるでおとぎ話のお城へ来たような感覚になった。そして、一番奥を見てみると、演奏用のグランドピアノが置いてあるのに気づく。

すごく高そうなピアノ、きっといい音が出るんだろうな。

こんな高級レストランで、一度でいいから演奏してみたい。ここで演奏する人は一体どんな人なのか、と想像しながら案内された席に着いた。

「すぐにお飲み物をお持ちいたします」

適当に軽めの白ワインを注文し、予約のときにベーシックコースを頼んでおいたから、あとは料理が運ばれてくるのを待つだけだ。ほかにも色々コースはあったけれど、とてもじゃないけど今は財布に余裕がない。

目の前に置かれたコースのメニューに目を通す。

鯛のマリネ、パプリカとズッキーニのカポナータ、オレンジヴィネグレット、季節のミネストローネにメインはフレッシュトマトと茄子のペペロンチーノ……。

すごく美味しそう！

メニューを見ているだけでもわくわくしてしまう。聞いたこともない素材に胸が躍る。おしぼりで手を拭いて、改めて店内を見渡すと、ハイソな中年の夫婦が数組と、若い社会人カップルの姿が見受けられた。ひとりで来ているのは私だけだった。けれど、そんなことまったく気にならないくらいお店の雰囲気が素敵で、センスの良さが窺えた。

「二十時からピアノ演奏をお楽しみいただけますが、お客様のほうでリクエスト曲はございますか？」

不意にスタッフに声をかけられ、いつもはリクエストを尋ねる立場だけに、いきなり逆になると戸惑う。

「い、いえ……特には、そちらでお任せします」

「かしこまりました」

気の利いたことが言えずにもじもじしていると、さっそく前菜の次にスープが運ばれてきた。

イタリア料理と言えば、マンマが作る家庭料理というイメージが強いけれど、雰囲気のある店で食べると一気に高級感が増す。

このカポナータ美味しい！

カポナータはフレンチでいうラタトゥイユに似ている。どちらもトマトベースの煮込み料理だけれど、カポナータは砂糖やワインビネガーも塩コショウにプラスされて、どちらかというとラタトゥイユより甘酸っぱい味わいになる。そのうちメイン料理も運ばれてきて舌鼓を打っていると、どこからともなくピアノの旋律が流れてきた。

この曲は……。

店内に響き渡るピアノ、お客さんはなにも気づかずに歓談しながら食事を楽しんでいるけれど、私はその曲を聴いて手が思わず止まった。

〝ラ・カンパネラ〟それはプロでもリサイタルで避けたいと言われている超難易度の高いリストの曲。私も弾けないことはないけれど、完璧ではない。一体どんな人が……と、ちょうど背の高い観葉植物に隠れて見えないピアノの位置をチラッと覗き見る。

あれ、あの人、もしかして……。

真っ白な鍵盤に優雅に指を滑らせていたのは、無名でありながら素晴らしい演奏をすると定評のある美人ピアニスト〝木内梨花《きうちりか》〟だった。

年は確か二十五歳。たまにコンサートをしたりしていて、もちろん私も彼女の演奏を聴きにコンサートに行ったことがある。普段はレストランやラウンジなどで活躍していて、昨今ではピアニストだけではなく、若い年齢層をターゲットとしたコスメやアパレルのプロデュースも手掛けているインフルエンサー的な存在だ。

やっぱり素敵な人だなぁ。

流れるような長くて艶のある黒髪に、陶器のような白い肌、どことなくエキゾチックな雰囲気があって、まさにアジアンビューティーな色気のある大人の女性だ。

まさかここで生演奏を聴けるなんて思ってもみなかった。後でサインとかもらえるかな。

今まで歓談に夢中だったお客さんがいつの間にか彼女のピアノに酔いしれている。

梨花さんにはそんな魔法のような不思議な魅力があった。

それに比べて私は……。

ああ、考えるのやめよう！　そもそも、梨花さんと私じゃ初めから雲泥の差だし、比べ物にならないよ。

最後に運ばれてきたデザートを食べながらブンブンと首を振って、口元をナプキンで拭った。

時刻は二十一時。

ひとりで食事をしたにしては、ずいぶん長い時間を過ごした。食事はどれも美味しくて完璧、お店の雰囲気も良くて、社長である黒瀬さんのことがまたひとつわかった気がした。

帰る前にメイクを直したくてスタッフから化粧室の場所を教えてもらう。

この前、どうしてもパリメラに行きたくてひとりでお伺いしたんです。

お料理もお店の雰囲気も最高に良くて、演奏も素敵だったし……。

なんて、今度黒瀬さんに会ったら言うセリフを無意識に頭の中で巡らせながら、化粧室の扉を引いたそのときだった。

出会いがしらに出てきた女性とぶつかりそうになってしまった。長くて黒い髪がサラッと揺れ、意外な人物が顔を覗かせた。

「すみません、前をよく見てなかったもので……」

「いえ、私こそ、あの、木内梨花さん、ですよね?」

「え?」

いきなり名前を呼ばれて驚いたのか、大きなクリッとした目を瞬かせて梨花さんは私を見つめ返した。

「先ほどの演奏、すごく素敵でした。特にラ・カンパネラなんて最高によかったです。テンポよく音が跳ねて、リズムの乱れもなくて綺麗で……って、すみません」

ハッと我に返り、ポンポンと口から飛び出す言葉を抑え込むように口を手で塞ぐ。なにを勝手にベラベラ喋ってるのよ私。梨花さん、きょとんとして呆れてるじゃない。

そう思っていると、彼女は思いのほかにこりと微笑んだ。

「ありがとうございます。あの曲を褒めていただけるなんて光栄だわ。もしかして、あなたもピアノを?」

肩にかかる髪の毛をサッと後ろに回しただけで彼女からいい匂いがする。梨花さんは良家のお嬢様なのか、喋り口調にも品があった。

「はい。私もレストランで演奏をしているんです。本業はOLなんですけど」

「え? 本当? どちらで弾かれてるの?」

他愛のない話だと思っていたけれど、意外なほど梨花さんが反応する。

「新宿にあるイルブールというスペインバルです。小さな店でパリメラとは規模が違いますが……」

すると梨花さんが目を見開いて私をじっと見た。顔になにかついているんじゃないかと思うくらいに見入られる。

「そ、う……イルブールね」

店の名前を告げた途端、気のせいだと思ったけれど、どことなく梨花さんの声のトーンが変わった気がした。

「名前をお伺いしても？」

「小峰愛美です」

「小峰？　小峰って……もしかして小峰順子《じゅんこ》さんのお身内の方？」

まさか彼女が母を知っているとは思わなかった。梨花さんの口から母の名前が出て、今度は私が目を見開いて驚く番だった。

「母を、知っているんですか？」

広い世界でも同業者だし、どこかで出くわす可能性だってある。母のコンサートを聴きに行ったこともあるかもしれない。

「ええ、もちろん知ってるわよ。私、順子さんに憧れてピアニストになったようなものだもの。母、ってことはあなた娘さんなの？」

「そうです」

私が答えると梨花さんは、なぜ私がピアニストでないのかと不思議そうな顔をした。

「ああ、ごめんなさい、もっとお話ししていたかったんだけど……私、これからこの社長と打ち合わせがあるのよ、失礼するわね。愛美さん」

梨花さんはにこりと微笑んで忙《せわ》しなくその場を後にした。

ここの社長って黒瀬さんと？　打ち合わせ？

美男美女が並んで話し合っている姿が頭を過る。

こんな美人な人と黒瀬さんが並んだら絵になるだろうな……。

胸の中でモヤッとしたものが広がり、化粧室へ来た目的さえも忘れて私はそのまま席に戻って会計を済ませた。

それにしても本当に素敵な店だったな、お料理も美味しかったし。

梨花さんも綺麗な人だったし……あ、そういえばサインもらいそびれちゃったな。

パリメラの余韻に浸りながら店のエントランスを出ようとしたときだった。

え？　あれは――。

店の前に一台の白い高級車が停まっていて、そこでスーツ姿の黒瀬さんが梨花さんと笑いながらなにか楽しげに話しているのが目に入った。今にも抱き合いそうなくらいの距離で、ふたりはとても親しい間柄に見えた。そして梨花さんが黒瀬さんの腕にそっと触れる。でも彼はそれを拒まない。

私はその光景が信じられなくて、陰に隠れて凍りついたまま動けなくなってしまった。まるで恋人同士のような雰囲気に胸がチクリとする。

梨花さん、今チラッとこっち見た？

気のせいかもしれないけれど、なんとなく梨花さんが横目で私を見て薄っすら笑ったように思えた。

黒瀬さんは私の存在に気づかず、梨花さんを車に乗せて颯爽とどこかへ走り去っていった。

な、なんだったの？　梨花さんって黒瀬さんとどういう関係？

どう見ても、ただの知り合いや仕事上の付き合いのようには見えなかった。

黒瀬さんのことをもっと知りたくて彼の店にリサーチしに来たつもりだった。けれど、かえってとんでもないものを見てしまった。

こんなことなら来なきゃよかった……。

浮かれた気持ちが一気に急降下していく。

ズキリと痛む胸。黒瀬さんが向ける笑顔は私にだけ、なんて気がつけばすっかり思い上がっていた。偽りの恋人のくせにどうして心はこんなにも傷ついているのか、自分でもわからない。

せっかく美味しい料理を堪能してウキウキ気分で帰ろうと思ったのに、私の心は暗雲に覆われてどしゃぶりの雨が降り出した。

数日後。

パリメラで見てしまった梨花さんの存在を、優香にどう説明すればいいのかわからず、いまだに話せないでいた。

あの人は黒瀬さんのなんなのだろう、まさかほかにも恋人がいるのでは、とか仕事中だというのによからぬ想像ばかりしてしまう。

こんなモヤモヤした気持ちで今夜はイルブールで演奏しなければならないと思うと、気が重かった。

私は早めに昼休憩を済ませ、午前中にできなかった書類を作成するべく自分のデスクに戻ると、まだ休憩中の先輩たちがキャッキャと話に花を咲かせていた。

「知ってる！　この人、今噂の美人ピアニスト、木内梨花でしょ」

「有名企業の社長さんらしいよ～。ＳＮＳでも画像が拡散されていて噂になってるんだから、ほらほら見て」

「ちょ、相手の男！　背が高くてめちゃくちゃイケメンそうじゃない？　顔がはっきりしてないからよくわからないけどさぁ」

え？　い、一体なんの話をしているの？

聞き覚えのある名前が聞こえ、どうしても気になってチラッと先輩たちを横目で見ると、なにやらスマホを覗き込んでいる。

相手の人、背が高くてめちゃくちゃイケメンそう？　有名企業の社長さん？　ま、まさか……だよね？

顔を硬直させたまま視線をデスクのパソコン画面へ移す。休憩時間が終わり、先輩たちも仕事へそれぞれ戻っていった。おそらくＳＮＳで拡散されているという噂の画像で話が盛り上がっていたのだろうけれど、いきなり「見せてください！」なんて言えるわけもなく、私はインターネットで〝木内梨花〟と検索してみた。すると。

――美人ピアニストお忍び深夜デート！　お相手は大手企業のイケメン社長か!?

一番上に出てきた見出しに目を見開いて顔が凍りつく。私はそのページをクリックすることができないまま、すぐに画面を閉じた。

やっぱりその相手って、黒瀬さんのことだよね？

この間パリメラで梨花さんと会ったとき、社長と打ち合わせするって言ってたけれど……。

考えてみたら多忙を極める社長が直々に一ピアニストと打ち合わせなんてするものだろうか。もしかしたら打ち合わせというのは口実で、本当は……。

あぁ、もう！　悪いほうに考えるのはやめよう。黒瀬さんに確認しないで勝手に決めつけるのは良くないよね。

そうわかっていても、頭の中で切り替えができない。ぐるぐるとネットの見出し文句が頭の中を巡る。

優しく微笑みかけて私のことを本気だって言ったのも、全部嘘だったの？

でも、黒瀬さんが本気だったとしたらそれは私にではなく優香にだ。それも理解しているつもりでも、心が追いつかない。

こんなゴシップに振り回されたらだめ、今は仕事に集中しようと私は再びキーボードに指を滑らせた。

その日の仕事終わり。

「どうした？　今夜はやけに元気ないじゃないか」

いつものようにイルブールでの演奏を終え、カウンターでため息をついていると叔父が私の様子を怪訝に思ったのか心配そうに声をかけてきた。

「ううん。なんでもない」

「なんでもないって顔じゃないけどな、長い間、愛美ちゃんのこと見てきてるんだ、わかるさ」

叔父の優しい笑みに思わず心のモヤモヤを吐き出してしまおうかと思ったけれど、こんな個人的なこと言えない。

「ほんとになんでもないって、大丈夫」

無理な作り笑いで誤魔化す。叔父は眉尻を下げ、「そうか」と言って気遣うようにそれ以上なにも尋ねてこなかった。

演奏中も集中できなくてちょっと間違えちゃったし、こんなことじゃだめだよね。

先日の梨花さんの演奏を思い出すと、自分の拙さを改めて思い知らされる。

二杯目のモスコミュールでひと口喉を潤した後、不意に隣の席に誰かが座る気配がした。

「こんばんは」

ふわっと甘いローズの香水の香りがして視線を上げると、そこにはにこりと笑いながらスツールに座る梨花さんがいた。

「り、梨花さん？」

どうしてここに？

いるはずもない人を前にして、私はグラスを手に目を丸くする。

「イルブールで演奏してるって先日言ってたから、どうしてもあなたのピアノが聴きたかったの。お店に問い合わせたら今夜あなたが演奏するって教えてもらってね」

「え、私のために？」

梨花さんにそんなことを言われて嬉しい反面、ドキリと緊張が走る。先ほどの演奏でミスしたところもバッチリ聴かれてしまったのかと思うと恥ずかしい。

「私もここの店を知ってるの。だから愛美さんがイルブールで演奏してるって聞いて驚いたわ」

屈託のない笑顔を絶やさない梨花さんに私もつられて小さく笑みを返す。

「母と違ってピアノの腕はまだまだなんですけど、ずっと趣味で弾いてたのをオーナーの叔父に拾ってもらったんです」

「そうだったの。でも趣味でも続けることが大事よ、演奏者は人に聴かせてこそなんだから。あなたの音も綺麗だったわよ、ちょっとずれてたところもあったけど、そんなのご愛敬よ」

彼女の意識はきっとそうなのだろう。私みたいに趣味で弾いてる程度の生半可じゃ、きっと嫌な気分にさせてしまうかもしれない。けれど梨花さんはそんな私に優しい言葉をかけてくれた。社交辞令だったとしても嬉しい。

「理玖もあなたのこと褒めていたわ」

理、玖……。

ごく自然に恋人の名前を呼ぶかのような口ぶりだ。それだけ親しいということ。

優しくて、綺麗で……黒瀬さんの、本当の恋人？

会社で見たネットのゴシップの見出しが脳裏に過る。

――梨花さんって、黒瀬さんとお付き合いしてるんですか？

思わず喉まで出かかった質問をぐっと呑み込む。

だめだめ、いきなりこんな失礼なこと聞けないよ。

「ふふ、理玖と私のことが気になるって顔ね」

「えっ？」

「この前お店で会ったとき、彼を見つめるあなたの顔が切なそうだったから」

あのとき、横目で見られたのは気のせいではなかった。やっぱり梨花さん私のこと見てたんだ。

「あのSNSの噂って本当なんですか？　その、お相手は大手企業のイケメン社長かっていう……」

悶々とした顔を上げ、たまらず思い切って尋ねると彼女が目を丸くして私を見た。

「イケメン社長？　ああ、あの拡散された画像のこと？　ふふ、そうよ、油断してたら撮られちゃったみたい。こういうのはイメージダウンに繋がるから気をつけてはいたんだけどねぇ」

どことなく楽しげにクスリと笑う梨花さんは、撮られてもまったく困っているといったそぶりがない。

本当、なの？　やっぱり、黒瀬さんって梨花さんと付き合ってるの？　本人がそう言ってるんだから、噂じゃないんだ。

先日、店のエントランス前で見た親しげなふたりの光景が真実味を帯びてくる。

手にしていたグラスから雫が滴って指を濡らした。私はそれを拭う余裕もなく、ただ呆然とするしかなかった。
じゃあ今までのことはなんだったの？　黒瀬さんが本気だって言ったのは？
なにがなんだかわからなくなる。混乱して頭の中の整理が追いつかないでいると、
梨花さんがふふっと笑った。
「相手の大手企業社長って、黒瀬さんのことなんですね」
ついに我慢ならなくなって、思わず口を衝いて出てしまった。表情を崩さない梨花
さんを見て、それを肯定と取った私は自分で言っておきながらすぐに後悔した。
「私があなたの演奏を聴きたかったのは本当。でも、理玖に『イルブールに優秀な
ピアニストがいる』『いつ聴いても心が洗われる音色だ』って言われて気になってね。
だって、〝好きな人〟が私以外のピアノを褒めるなんて、ちょっと悔しいじゃない？
時々ここへ来てあなたの演奏を聴いてるみたいだけど」
今、自分が一体どんな顔をしているかわからないけれど、きっと固く強張って「シ
ョックだ」と表情に出ているに違いない。
「理玖が人のことを褒めるなんて滅多にないの、でもあなたの演奏を聴いて少し安心
した」
「安心？」

「彼は優秀だって褒めるけど、私から見たら身構えるほどのことじゃないってわかったから」

「私の足元にも及ばないお粗末なピアノだった」そう言われたようでガツンと頭を殴られたみたいになる。

「理玖にはずっと私のことだけを見ていて欲しいの。言っている意味、わかる？」

梨花さんに顔を覗き込まれる。まるでその目は「だから邪魔しないでね」とけん制しているようだった。

同じピアニストとして黒瀬さんが私のピアノを称賛しているのも梨花さんにとっては面白くないし、あのとき彼女が言ったように切なげな表情をしたことで女性として嫉妬心が芽生えたのだろう。

「私と黒瀬さんはなんの関係もありません。昨日、パリメラに行ったのもたまたまで、イルブールで彼と話したこともないんです」

その場を誤魔化そうとする私は最低だ。けれどこれ以上波風を立てたくなくて、黒瀬さんがイルブールへ来ていたのは知らないと嘘をついた。

「そう。それならいいんだけど……あ、もう行かなきゃ。おくつろぎのところごめんなさい、じゃあまたね」

梨花さんは忙しなく腕時計をチラッと見てから、なにも飲まずに言いたいことだけ言ってその場を後にした。

私、ライバル視されてる?

いきなり梨花さんに思いも寄らないことを言われて鬱々としてしまう。こんなところを叔父に見られて優しい言葉でもかけられたら、きっと泣いてしまいそうだ。

とにかく気持ちを落ち着かせないと。

私は氷の溶けきったモスコミュールを飲み干すと、はぁと短く息をついた。

家に帰ると部屋は暗く、優香はまだ帰ってきていないようだった。

最近、優香は残業続きで帰宅も遅い。落ち込んでいる今、あまりあれこれ詮索されたくないし、かえって都合がよかった。

梨花さんって綺麗でピアノも素敵でいい人だって思ってたのに、なんか嫌な感じ!

時間が経つにつれて悶々としていたものがだんだんイラつきに変わる。私はバッグをソファに投げ捨てるように置いて、何度もため息をついた。

声音は優しくて刺々しい言い方ではなかったものの、梨花さんの言葉は今でも私の胸に突き刺さっている。このままでは眠れない。

私はむしゃくしゃした鬱憤をなんとかして晴らそうと冷蔵庫をガバッと開ける。

中には優香が買い込んでいた缶チューハイやらビールが数本並んでいた。私は迷わずチューハイを手に取り、プルタブを開けて勢いよくグビグビと飲み始めた。

結局、私は踊らされてるだけ？

もう、誰を信じていいのかわからないよ……。

テレビもつけずに一時間ほどリビングでお酒を飲み、空き缶がローテーブルの上にいくつも転がっている。そんな光景をぼーっと眺め、ほどよく酔いが回ってきたところで優香が帰ってきた。

「ただいま～。今日はちょっと遅く……って、愛美！　ちょ、ちょっとなにこれ!?」

帰ってくるなり散乱した空き缶を見て、優香が目を丸くしている。

「優香ぁ、おかえり。なにこれって、ひとりで寂しく飲んでただけだよぅ」

私はそんなに普段飲まないほうだけど、今夜は一気に飲みすぎた。それに店でも飲んできたというのに、梨花さんに言われたことや黒瀬さんのことも全部忘れたくて、私らしくもなくお酒に走ってしまった。

フニャフニャと身体を揺らしてソファに凭れかかって項垂れる。

「もう、帰ったら飲もうと思って買ってきてあったのに全部飲んじゃって……ねぇ、

「なんかあったの？」

優香もいつもの私らしくないと思ったのか、バッグを置くと私の前に座った。

「別に、なんでもない」

「なんでもない、じゃないでしょ？　あのさ、もしかしてＳＮＳのこと……気にしてるんじゃない？」

ズバッと唐突に図星を指され、酔った私の頭がハッとなった。

「なんのこと？　黒瀬さんがあの有名な美人ピアニストと噂になってるなんて、知らないんだから」

酔ってる頭じゃうまく誤魔化せない。きっと顔にも「梨花さんのこと気にしてます」とはっきり書かれているだろう。

「やっぱり。ねぇ、あんなの嘘だから！　信じちゃだめだよ」

「なんで嘘だなんてわかるのよ、優香、なにか知ってるわけ？」

なにを根拠に「信じちゃだめ」だなんて言えるのだろう。噂の画像が拡散されて会社の先輩だって騒いでいたし、実際梨花さん本人からけん制までされたというのに。

「とにかく、黒瀬さんのこと信じてあげて。それに、今日は大事な話があるんだから。ほら水」

その〝大事な話〟の前に少しでも私の酔いを醒まそうと、優香がキッチンから水を持ってきた。

「大事な話？　また頼み事？　私、もうそんな気分じゃ――」

優香が手にしている水を無視して最後のひと口を飲もうと缶に手を伸ばしたときだった。水の入ったグラスをテーブルに置いて、おもむろに優香が口を開く。

「来月の話なんだけど、私ね、お父さんが主催する親睦会に黒瀬さんと招待されてるの」

「ふぅん、親睦会……えっ⁉」

今、黒瀬さんと……って言った？

缶に伸ばす手を止め、勢いよく優香に向き直る。アルコールで緩慢になっていた頭が一気にシャキッと覚醒する。

「うちの会社の周年行事なんだけど、黒瀬さんも取引先の社長として同席することになってる」

もしかして、その親睦会に行けって言うんじゃ？

どうせ優香はそれを前提で話しているに決まっている。その証拠にまた小悪魔的な〝お願い〟の上目遣いで私を見ていた。そんな顔をしてお願いされたら、また断れない性格が疼き出す。

なんだかクラクラしてきた……。

「ドレスとかバッグとか靴とかは全部私のものを貸すから、そこは安心してね」

そんなパーティーに行けるようなドレスや靴なんてないし。と思っているところへ間髪入れずフォローされ、まだ行くとも返事をしていないのに話が勝手に進んでいく。

「あのねぇ、親睦会って言ったって私の会社とわけが違うし、今度こそ優香が行かなきゃまずいんじゃ……」

「大丈夫だって、ね？　お願い」

黒瀬さんは素敵だし、何度も心が揺れ動いた。けれど彼は私を優香としてしか見ていない。優香が恋人となんとか別れずにいられるため、黒瀬さんには悪いけれど優香のことは忘れてもらわないと……。

――俺は結婚も視野に入れて君と真剣に付き合いたいと思ってる。

ふと黒瀬さんの言葉が蘇る。

あんなふうに熱い視線を向けられて真剣に言われたら、頭の中では彼が好きなのは優香だとわかっていても、勘違いしそうになる。でも現実的にそれは許されないこと。

そうだ！　この親睦会を機にＳＮＳのことを理由づけてこちらからお断りしよう。

父はもしかしたら、招待客に自分の娘が黒瀬さんと交際していることをお披露目するつもりかもしれない。

そうなる前になんとかしなきゃ。

黒瀬さんがほかの女性と親密にしているなんて知ったら厳格な父のことだ、『そんな浮気な男に娘はやれん！』という流れになるだろう。そしてなぜそんな男を紹介してしまったのかと、後ろめたさを優香に感じるはずだ。そこに〝お父さんのせいで傷ついた！〟という優香の泣きの演技も入れて恋人解消になれば、優香と彼氏はうまくやっていけるかも。

「すごい、それって完璧な計画じゃない！」

優香はいきなり大きな声を張り上げる私を見て、きょとんとしている。

「わかった。優香、その親睦会に行くよ」

「ほんと！　よかったぁ、さすが愛美！」

思いついた計画を優香にも聞いてもらおうと口を開きかけた。けれど『ＳＮＳの噂を口実に別れを切り出す？　もしそれでうまくいかなかったらどうするの？』なんて余計な心配をさせるかもしれない、と思い再び口を閉じた。優香はそんな私の胸の内も知らずに可愛い笑顔を浮かべている。

これで全部綺麗になにもなかったことになる。もう黒瀬さんを騙さなくて済むし、なにもかも終わりなんだ。

誠実な人だったし決して女癖が悪そうには見えない。だからSNSの噂だってなにかの間違いだと、私もそう思いたかった。私に微笑みかけてくれたときの彼の笑顔、なにより唇を奪われたあの感覚を思い出すと、ギュッと胸が締めつけられるようだ。

部屋に戻り、ベッドに倒れ込む。

黒瀬さん……。

私は胸の片隅で疼くなにかに気づかない振りをして、誘われるまま微睡《まどろ》みに落ちていった。

第四章　暴露された秘密

ようやく梅雨入りして毎日ジメジメとした気候が続いている。今日もどんよりとした分厚い雲に覆われ、すっきりしない一日だった。

黒瀬さんから電話やメッセージが来るけれど、最近は仕事がかなり立て込んでいるらしく会うことすらままならないでいた。

黒瀬さんは『会いたい』って言ってくれるけど……。

彼のことを考える度に梨花さんと仲睦まじげにしていたあのときの光景が脳裏に過る。そしてイルブールで梨花さんにけん制されたことも。そういう事実がある限り、いつまでも頭の中にSNSの噂がこびりついている。

会いたいけれど会いたくない。

そんなジレンマをずっと抱え、黒瀬さんとキスをしてから半月が経とうとしていた。

おまけに今週末行われる親睦会で、どうやって黒瀬さんに別れる口実となる話を切り出そうか、その言葉に頭を悩ませていた。

「それでね、この人がお父さんと一番仲がいいムラノ食品の社長で……」

親睦会に向けて私は毎晩仕事が終わってから、父と交流のある親しい面子を優香からレクチャーされていた。優香とも面識のある人の情報はちゃんと押さえておかないとボロが出る。私は親睦会を完璧に「小峰優香」としてこなすため、教えられたことは余すことなくメモに取った。

「わかった。村野《むらの》社長ね、それから？」

はい、次。と優香を促したそのときだった。

「愛美、スマホ鳴ってるよ」

聞こえてくる着信音に優香が気づいて一旦レクチャーを中断すると、私は部屋に戻ってバッグからスマホを取り出した。

黒瀬さんからだ！

いきなり彼から電話がかかってきて動揺しながら、自分の部屋のドアを閉める。

「もしもし？」

『こんばんは、今家？』

黒瀬さんは外にいるのか、優しい声の向こうで車のクラクションや街の雑踏が聞こえてくる。

「はい、黒瀬さんはお仕事中ですか？」

『ああ。今、ひと区切りついたところなんだ。特に用事はないんだけど、どうしてるかと思って』

それって、私の声が聞きたかった……とか？

まさか、と思いつつもうぬぼれたことを考えてしまう。

『今日は一日中、箱根《はこね》にある店舗で会議だったんだ。ちょうど今、東京に帰ってきたところ』

パリメラグループの店はレストランだけじゃない。全国に展開している他業種の店の視察に社長である黒瀬さんは毎日奔走している。だからか、電話の声もどことなく疲労の色が滲んでいるように思えた。

「お疲れ様です。大変でしたね」

『今週末の親睦会の話は聞いてるか？』

「はい。ゆ……父から聞きました」

つい口が滑って、「優香から聞きました」と言いそうになるのを慌ててフォローする。

『親睦会までに折を見て君に会いたいと思っていたんだけど、急な用事が立て続けに入ってしまって、次に会えるのは当日になりそうだ。すまないな』

「いえ、黒瀬さんも忙しいのに、私と会う時間よりもゆっくり身体を休めてください」

『ああ、ありがとう』

一旦、話の区切りがつくと互いに沈黙してしまう。なにか話さなければと思っていると、黒瀬さんが改まるように小さく咳払いをした。

『この間のことだけど……俺とのこと、少しは考えてくれたか？』

「え？」

俺とのこと。と言われドキリとする。

――君の気持ちもちゃんと聞かせてくれないか？

私は黒瀬さんにちゃんと答えを出さなければならない。交際をお断りしてなにもなかったことにするのだ。頭の中で策は組み立ててある。けれど黒瀬さんの声を聞く度にその思いが揺れ動く。

「親睦会でお返事するようにします、ね」

期待なんかしないで欲しい。私はあなたとは付き合えないのだから。

私の声は自然と暗くなり、歯切れも悪くなる。

『わかった。おやすみ』

「おやすみなさい」

せっかく電話をくれたというのに、大した話もせずに電話を切った。本当はもっと笑ってお喋りしたかったけれど、彼を騙しているという意識が邪魔をする。

黒瀬さん、今日もSNSのことに触れなかったな……やっぱりなにかの間違いなのかな。知ってるけど敢えて隠してるとか？　さすがに自分からは言わないよね。

だけどSNSのことを理由にしなければ、私の計画は意味をなさなくなる。

「ごめん、お待たせ」

「もう、愛美遅い」

部屋から出るなり早く続きをしようと優香が急かす。

レクチャーの続き、頭に入るかな……。

私は苦笑いを浮かべ、優香のレクチャーに耳を傾けた。


ついに親睦会の日がやってきた。

一昨日も昨日も一日雨で今日もどんよりしているけれど、なんとか持ちそうだ。

「十八時にホテルビアント東京のロビーでお父さんと待ち合わせしてるからね」

「う、うん……やっぱりお父さんに会うんだよね？」

主催者なんだから当然でしょ？　娘に会わないわけがないじゃない、とでも言いたげに優香が首を傾げる。

「そうだよ。だって主催者だし」

黒瀬さんのことでいっぱいだっていうのに、十年以上会っていないお父さんに会うなんて……。

「愛美、耳」

無意識に耳朶をいじる癖が出て、また優香に怒られる。

「大丈夫だよ。お父さん、たぶん愛美だなんて気づかないよ。だって、ずっと会ってないんだもん」

父に優香じゃないとバレることも心配だけど、私の個人的な父親に対する複雑な気持ちも入り混じっている。到底そんな胸の内、優香にはわからないだろうけど。はっきり『ずっと会ってない』と言い切られると、なんだか大丈夫な気がしてきた。

優香は週末いつものように彼氏とお泊まりデートで、私の気も知らずに優香に扮した私を見て、「うん！　完璧に私！」とルンルンしている。

私に親睦会に行かせて自分はデート。なんだかうまくやられたような気もするけど、優香と彼氏の幸せのためなら。

とにかく黒瀬さんとの関係を終わらせる計画を実行しなければならない。

優香だけは気の置けない大事な家族。だから、私もつい甘やかしてしまうのだけれど、いつまでもこんなことじゃ姉失格だよね……と心の中で呟いて、私は親睦会へ向かった。

ホテルビアント東京は品川《しながわ》にあるハイグレードなラグジュアリーホテルだ。

私は初めてだけれど、優香は会社のパーティーやらなんやらで何度か来ている。

エントランスには親睦会の招待客なのか、数台の高級車からイブニングドレスを身に纏った高貴な人たちがぞろぞろと降りてくるのが見受けられた。

私も見劣りしないように優香に髪の毛をアップに整えてもらい、季節感のある淡いブルーのワンピースドレスを着て、社交場に出られるようなそれなりの恰好をしているつもりだ。

オフショルダーだからなんだか胸元が心もとないな……スースーする。

こんなドレスを着る機会なんてほとんど無縁の私は、落ち着かない気持ちのまま優香から借りたパーティーバッグをぐっと握ってホテルの中に入っていった。

わ、すごい。

目の前に広がる光景に目を奪われて、私は感嘆のため息をつく。

ホテルのロビーは、ピカピカに磨かれた黒い大理石の床と真っ白い壁のモノトーンが調和していて、床のサイドから浮かび上がるような間接照明が非日常的な空間を作り出していた。すぐ正面にはガーベラ、アジサイ、アガパンサスといった季節の生け花が堂々と飾られているのが見える。それは緊張した心を和ませてくれて、広々としたロビーにほんのり夏の匂いを感じた。

「優香、ここにいたのか」

生け花に見惚れていると、背後から声をかけられてハッとする。振り向くと私の姿を見て満足げに笑っている父と目が合った。

お、お父さん?

いかにも社長らしく横には美人な秘書を携えている。

十年以上会っていなくても私はすぐに父だとわかった。記憶の中にある父よりずいぶん皺も白髪も増えた。恰幅《かっぷく》のいい体格は昔から変わっていなくて、その優しい声は私の知っている父と重なった。でも、父は私のことをひと目見ても「小峰愛美」だと気づかなかった。

「黒瀬君はどうした？　彼も忙しい男だからなぁ、まだ仕事が終わらないのか？」

「会場で待ち合わせしてるんだけど……まだみたい」

父とは長い間会話をしていなかった。だから、自分の親だというのに話すだけでも緊張してしまう。思わず敬語が出てしまいそうになるほどに。

「そうか、私はほかにも挨拶回りをしなければならないから、お前はここで黒瀬君を待っているといい。後で合流しよう」

「うん、わかった」

自分でも思うほど見た目は優香そっくりだ。でもなんとなく顔を見られたくなくてつい俯きがちになる。父はそんな私を特に気にも留めずに会場の中へ秘書と一緒に入っていった。

はぁぁ。緊張した！　お父さん、あんまり変わってないね。

娘だというのに気づいてもらえなかった寂しさが一瞬込み上げる。すると。

「ああ、なんとか間に合ったみたいだな。すまない、道が渋滞していて少し遅くなった」

聞き覚えのある声がして顔を上げる。

「あ、黒瀬さん」

カジュアルすぎないネイビーカラーのスーツにさりげないオフホワイトのポケット

チーフを覗かせて、黒とグレーの斜めストライプのネクタイをピシッとしめた黒瀬さんがにこりと笑いながら急ぎ足で歩み寄ってきた。

後ろに撫でた清潔感のある髪からは、ほんのり爽やかな大人の男性を思わせる香りが鼻を掠めた。

「ドレス、似合ってるな。すごく綺麗だ。ん？　どうした？」

「い、いえ！」

あまりにも素敵すぎる黒瀬さんに思わず見惚れてしまう。どこから見ても完璧な紳士だ。そんな彼に「綺麗だ」なんて褒められて、もうどうしていいかわからなくなる。

「今までお仕事だったんですか？」

「ああ、そうなんだ。今日はこの日のために予定を入れないでくれと秘書に言っておいたつもりが、どうしても外せない会議が入ってしまって。ここで俺を待っていてくれたのか？」

本当に黒瀬さんは忙しい人だ。そんな多忙を極めた人がわざわざ親睦会に顔を出してくれることが嬉しかったけれど、この後のことを考えると複雑な気持ちになる。

「行こうか。ここは人が多すぎる」

「はい」

気づくとロビーは招待客でごった返していた。

会場に入ると、コバルトブルーのクロスをかけられた大きめの円卓が所々に置かれていて、どこからともなく食欲をそそるようないい匂いが漂ってくる。食事は立食スタイルのビュッフェのようで、和洋中と種類も豊富な華やかなケータリングに胸が躍った。

「すごいですね」

初めて体験する場所に呆然としていたら、黒瀬さんが優しく笑った。

「緊張することはない。実はここの料理長とは長い付き合いなんだけど、女性が喜びそうなメニューを取り揃えるのが得意な人なんだ」

黒瀬さんって顔が広いんだなぁ、この親睦会にだってきっと知り合いが……。

「あら、黒瀬さんじゃない」

そう思っている傍から声がして私も黒瀬さんもそちらへ視線を向けた。

「ああ、菅野《かんの》さん。お久しぶりです」

彼が挨拶をすると四十代半ばくらいの綺麗な女性がにこりとして、私たちに会釈をした。

「ほんと、しばらくぶりね。仕事はどう？　相変わらず忙しそうじゃない」

菅野さんと呼ばれた女性は黒瀬さんの昔の仕事仲間の人で、今はアメリカで生活をしているらしい。そして親睦会のためにわざわざ来日したという。

「ふふ、ずいぶん可愛らしいお連れの方ね」

菅野さんに目を向けられ、私はペコリと頭を下げた。

「小峰優香と申します」

「小峰……って、もしかして小峰社長の娘さん？」

お父さんのこと知ってるんだ……って、親睦会に招待されてるんだから当たり前か。

目をぱちくりさせている菅野さんに「そうなんです」と小さく笑う。

「え～ちょっとぉ、黒瀬さんも隅に置けない人ね。お付き合いしてるの？」

社長の娘を連れていることにピンときたのか、菅野さんが急にニヤリ顔になる。

「え、と……」

そう尋ねられて言葉に詰まっていると黒瀬さんが明るく苦笑いした。

「ええ、そんなところです。けど、あんまり人に知られたくないので秘密にしておいてくれませんか？」

「まぁ、照れちゃって。今じゃ黒瀬さんもすっかり芸能人並みに人気者だものね。だからこそハメを外すと厄介よ、気を付けてね。それじゃ」

ハメを外す？　厄介？

意味深な言葉を残し、菅野さんはもう一度会釈してから人だかりへ消えていった。

「ごめん、この親睦会にも結構俺の知り合いが出席しているみたいだ。声をかけられるかもしれないけど、気にしないでくれ」

「わかりました」

さっき黒瀬さんは『あんまり人に知られたくない』と言っていた。これ以上SNSで騒がれたくない、そういうことなのだろうか。

「食事、なにか取りに行かないか？　お腹減ってるだろ？」

「え、あ、はい。そうですね」

悶々としていると不意に明るい黒瀬さんの声が降ってきて顔を上げる。

だめだめ、今は余計なこと考えないようにしよう。

私は頭の中を切り替え、彼と食事を楽しむことにした。

「黒瀬さん、このローストビーフ美味しいですね！」

今日は朝、軽くおにぎりで済ませて昼を抜いていたせいか、美味しいものを口にした途端一気に食欲が爆発した。

「これ、ローストビーフに見えるだろう？　でも、実は合鴨肉のローストなんだ」

「え、そうだったんですか」

「ああ、少し脂っこいけど甘味があって、俺はどちらかというと鴨肉のほうが好みかな」

ローストビーフにしては歯ごたえがあると思ったけど、そんな違いもわからないなんて恥ずかしい。

黒瀬さんと初デートしたレストランでも、食について語る彼の目はキラキラしていた。

本当に食が好きなんだろう。好きが高じて料理人として活躍したり、自分の店や会社を持っちゃうなんて、本当にすごい。

料理音痴でしかもこんな高級食材を使った料理なんて縁のない私に、黒瀬さんはあれこれと説明してくれた。料理なんて今まで興味もなかったのに、彼と話していると不思議と今度なにか自分で作ってみようかな、という気になる。

「私、実は料理が苦手で……あんまり自炊もしないんです。でも黒瀬さんに色々教えてもらって、いい刺激になりました」

「じゃあ、今度俺の家で料理しないか？　教えるよ」

「え……」

にこりと笑う黒瀬さんを見て心臓が跳ねる。

黒瀬さんと、一緒に料理かぁ。

頭の中で黒瀬さんから手ほどきされている自分の姿を勝手に妄想してしまう。そんな夢のようなことができたらどんなにいいだろう。けれど……。

私には〝今度〟という文字はない。

そのことを思い出すと急に高ぶる気持ちが冷めていった。

私はこの親睦会で黒瀬さんに引導を渡さなければならない。その機会をいつにしようか考えなくてはいけないというのに、浮かれてる場合じゃない。

「あ、あの……」

――少しふたりで話しませんか?

そう言いかけたそのときだった。

「ああ、ここにいたか、人が多いからずいぶん探したぞ」

やれやれといった顔で再び父が現れる。そして隣には先ほどの秘書と、父と同じ年くらいの見覚えのある中年男性。

「優香さん、今日はずいぶんと美しいね。あ、〝今日も〟か、あっはっは」

この人、誰だっけ?

記憶の扉をバンバン開いて、目の前で鷹揚に笑っている男性の顔を思い出そうとする。

「村野社長、お元気そうで」

そのとき、黒瀬さんが偶然にも口にした名前が鍵となりハッとする。

そうだ！　優香から画像を見せてもらった、お父さんと一番仲がいいムラノ食品の村野社長だ！

黒瀬さんも村野社長のこと知ってるんだ。

「村野さん、この度は親睦会にご出席いただき、ありがとうございます」

あらかじめ優香から〝村野社長〟ではなく〝村野さん〟と普段呼んでいると教えられた。そしてまず村野社長に会ったらお礼の挨拶をしてね、とも。ここまでは完璧だ。父も村野社長も上機嫌で誰も私が優香じゃないことに気づいている様子はない。

「相変わらず礼儀正しい、いいお嬢さんだ。黒瀬君、彼女とお付き合いしていると小峰君から聞いているよ。いずれは結婚を考えているのかな？」

黒瀬さんと握手を交わした村野社長が、彼に直球の話題を振る。

「あはは、さすがお耳が早いですね。今は慎重に段階を踏んでいるところです」

「なんだ、じれったいなぁ。まぁ、何事も慎重にだな。急いで事を運ぶことはない。

お似合いのふたりじゃないか、なぁ小峰君」

村野社長は父の肩を軽く叩き、互いにお酒が入っているのか愉快に笑い合っている。

はぁ、お父さん、やっぱり付き合ってるって話しちゃってるじゃない。

自分の娘が大手企業の社長と付き合っているなんて、鼻が高いのだろう。噂が広がる前に早く手を打っておかないと、取り返しのつかないことになりそうだ。

「優香は小さい頃から目に入れても痛くないほど可愛くてな、夜中にひとりでトイレに行けなくてよく起こされたもんだが」

こうして良縁に恵まれて……というように、父はしみじみ語り出す。

父は優香との思い出を事細かく覚えているようだった。

私のことは、どのくらい覚えているんだろう？

お父さん、本当に私に気づいてないの？　優香じゃないよ、ここにいるのは愛美だよ！

実の娘だというのに、こんなにも近くにいるのに……やっぱり気づいてもらえない。

この場で正体がバレるわけにはいかない、けれど愛美だとわかって欲しい妙なジレンマにヤキモキしてくる。厳しくて冷たい中にも優しい温情がある父を知っているからこそ、こんな気持ちになるのだ。

父の中ではもう小峰愛美という存在はいなくなってしまったのか。父に対してこんな感情を抱くのは初めてで、自分自身も困惑しているのがわかる。

次第に乱れていく気持ちを落ち着かせるため、俯いて無意識に何度も耳朶をいじってしまう。

ふと顔を上げると父と目が合った。

「優香、耳をどうかしたのか？」

「う、ううん。今日してきたピアスが合わなくてずっと痒いの。平気、なんでもない」

父に言われ、慌ててサッと両手を後ろへ回す。

いけないいけない。つい癖が出ちゃった。

落ち着かなきゃ、と私は小さくふぅと深呼吸する。

「彼女、少し疲れているみたいなので、少しロビーで休ませていただいてもいいですか？」

「ああ、そうしてくれ。黒瀬君、娘を頼んだよ」

彼が丁寧な口調で言うと父は満面の笑顔で休むように促した。

確かに気疲れしているけれど、どうしていきなりロビーで休むだなんて言ったんだろう？

これ以上父の前にいるとなにか失敗してしまいそうだったし、席を外せるなら助かる。

私は人だかりに消えていく父の背中を切ない気持ちで眺めた。

「大丈夫か？」

会場ホールを出たところにあるロビーへ行くと、一気に新鮮な空気が肺に入ってきた。あまりの人の多さに会場の空気は薄く、そして騒々しかった。こういった場所に免疫がないせいか、どっと疲れが身体にのしかかった。

「すみません、大丈夫です」

二十階のロビーから見渡せるパノラマの景色はどんより湿気を含んでいて、よく見ると大粒の雨が降っていた。

「このあたりに座ろうか。人もいないし、ゆっくりできるだろう」

黒瀬さんの気遣いに申し訳なさが募る。私はその言葉に甘えて窓際のソファに腰を下ろし、彼は私の向かいに座った。

「黒瀬さん、村野社長のことご存知だったんですね」

彼も別に助け船のつもりじゃなかったにしろ、名前が出てこないままだったら動揺してボロが出てしまってしたかもしれない。

「ああ、ムラノ食品はうちと取り引きがある会社で、たまにプレゼンに呼ばれて行くんだ。でも、今日社長に会うとは思ってなかったけどな。あぁ、なにか飲み物でも持ってこようか？」

腰を浮かせて立とうとする黒瀬さんに私はふるふると首を振った。

「いいえ、大丈夫です。少しここで休憩すれば平気ですから、すみません。それにしてもすごい雨ですね」

窓の外を見ながら傘を持ってこなかったことに気づく。

ああ、どうやって帰ろう。タクシー？　今日は雨の予報じゃなかったんだけどな。季節が梅雨なだけに、コロコロ天候が変わるのは仕方がないことだ。折り畳み傘くらい持ってくればよかったと思っていると。

「車で来てるから帰りは送っていくよ。そのつもりでアルコールは飲んでいないんだ」

降り続ける雨を眺める私に、黒瀬さんがそう言ってくれた。

なにからなにまで気配りのできる黒瀬さんに胸が温かくなる。けれど私が「結婚はできません」と言ったら、目の前で微笑んでくれる彼の表情はどうなるだろうか。

悲しみに顔を歪める？　それとも怒りに震える？　それとも――。

「ねぇ、あの人、どっかで見たことない？」

「なになに？　わっ、すっごいイケメンなんですけど！」

親睦会の招待客か宿泊客か、ふたりの女性がキャッキャと話をしながらロビーを通り過ぎていった。けれど黒瀬さんは自分のことを言われてるなんて思ってもいないようで、じっと窓の外を眺めている。

こんなところで私なんかと一緒にいたら、また変に噂になる。彼にこれ以上迷惑はかけられない。

もうこれ以上のお付き合いはできません、って言わなきゃ、言わなきゃ！

「黒瀬さん、ここにいたらまたSNSで画像拡散されちゃうかもしれないですよ」

腹の底から押し出されたような自分でも驚くくらい低い声で、気がついたら私はそんなことを口にしていた。

「SNSだって？」

なんの話をしているんだ、と言わんばかりに黒瀬さんが目を丸くして向かいに座る私を見た。

もう言いかけてしまったことだ。今更、やっぱりなんでもないです、なんて引き返せない。この親睦会に来た本当の目的を思い出し、私はゴクリと喉を鳴らした。

「黒瀬さん、本当は木内梨花さんとお付き合いしてるんですよね？　写真も撮られてましたし、隠さなくてもいいですから」

「ちょっと待て、一体なんの話だ？」

黒瀬さんは寝耳に水といったふうに眉を跳ね上げる。

あくまでも誤魔化し通すつもりなのか、それとも本当に間違いだったのか、私も真実を知りたい。けど……怖い。

「最近、ＳＮＳで梨花さんと噂になっている社長って、黒瀬さんのことなんでしょう？」

「え？」

「ほかにお付き合いされてる方がいるのに、どうして私に本気だなんて言ったんですか？」

〝私、そんな人とはお付き合いできません！〟

ビシッとそう言うつもりだったのに、いざとなったら決定打になる言葉が喉の奥に詰まって出てこない。

「すまない。まったく意味がわからなくて、ちゃんと説明してもらえないか？」

徐々に重苦しい雰囲気になってくる。唐突な私の言葉に、黒瀬さんの表情に笑顔はない。

「説明なんて必要ないと思います。事実は消せないですから」

ふたりの間に長い沈黙が訪れる。

「ＳＮＳの画像……って、もしかして——」

「あら、理玖じゃない？」

思い当たる節でもあったのか、黒瀬さんがなにか言いかけたそのとき。

不意に横入りしてきた女性の声に、黒瀬さんと同時に視線を向ける。

「梨花……？」

黒瀬さんがぽつりと名前をこぼした通り、そこには真っ赤なドレスを着た梨花さんが口元に笑みを浮かべて立っていた。

ど、どうしてここに梨花さんが？

——絶体絶命。

その四文字熟語が全身にのしかかった。

こちらへ歩み寄ってくる梨花さんに、挨拶も忘れて頭が真っ白になる。

「偶然ね、別の階でリサイタルゲストにお呼ばれされてて、今ちょうど終わったところなのよ。どこかの会社が懇親会してるって聞いてたけれど、まさか理玖も来てたなんて。ここへはたまたま通りがかっただけなんだけどね」

『たまたま』なんて言っているけれど、本当は黒瀬さんに会いに来たのだろう。その証拠になんだか顔が嬉しそうだ。梨花さんは黒瀬さんしか見えていないようで、にこりと笑って彼を見つめている。

どうしよう！　優香に扮してメイクの雰囲気が違うとはいえ、さすがに〝小峰愛美〟だと気づかれるかもしれない。

私は咄嗟に顔を下に向け、ソファに座る膝の上でぐっと拳を握りしめた。

私がイルブールでピアノ演奏していることを、黒瀬さんにもし話されたら終わりだ。

「すまない、今大切な話をしている最中なんだ」

——だから席を外してくれないか。というニュアンスを含んだ言葉を遠慮もなくそう言えるのは、よほど気の置けない親しい仲だからだろう。そう言われた梨花さんはようやく私の存在に気づいたのか、チラッと視線を私に向けた。

「大切な話……あら？」

うわ、目が合っちゃった。

慌てて視線を外したけれど梨花さんに見られている気配にドキドキと心臓が波打ち、今にも口から飛び出そうだ。するとあろうことか梨花さんがその場にしゃがみ込んで私の顔を下から覗き込んできた。

「愛美さん？　愛美さんよね？　先日とは違って今夜はずいぶん印象が違うのね」

「え……」

覗き込む梨花さんを見ると彼女はふわりと小さく笑った。

「やっぱり愛美さんじゃない。あなたも親睦会に？　ごめんなさい、一瞬誰だかわからなかったわ」

あぁ、もうなにもかも最悪。

優香と入れ替わっている事情なんてもちろん梨花さんは知る由もない。悪気はないのはわかっているけれど、黒瀬さんの前で必死に隠していた秘密を呆気なくバラされてしまった。

「愛美さん？　すみません、人違いじゃないですか？」そう言って咄嗟に誤魔化せば、なんとかやり過ごせたのかもしれないけれど、頭が真っ白になってしまい言葉がうまく出てこなかった。

きっと優香ならうまく誤魔化せただろう。でも双子でもやっぱり似ていないところは似ていないし、どうしても取り繕うことはできない。

「おい、梨花、いい加減に――」

「理玖がイルブールで演奏してる彼女のこと気にしてたみたいだったから、実はこの前店に行っちゃったの。そこで愛美さんと意気投合したのよね」

意気投合？　冗談じゃない、勝手に嫌味なことを言いに来ただけじゃない。

「今日はお仕事かなにか？　それとも黒瀬社長とプライベートで会ってるのかしら？」

どうやら梨花さんは私が主催者の娘であることには気づいていないようだ。だからどういった繋がりでこのようなパーティーに呼ばれているのか腑に落ちないのだろう。

「今はプライベートだ。申し訳ないがふたりだけにして欲しい」

黒瀬さんにそう言われて梨花さんの表情が強張る。明らかに私が黒瀬さんと一緒にいるのが気に入らないといった様子だ。

「黒瀬社長とはそんな関係じゃないって言ってなかった？」

私が黒瀬さんとの交際を否定するような発言をしていたことが意外だったのか、彼がまるでどういうことかと言わんばかりの視線を向けてくる。私は黒瀬さんと目を合わせることができなかった。

「やっぱり黒瀬社長に近づこうとしてるんじゃない」

神様の悪戯《いたずら》という偶然を呪い、居たたまれなくなった私は勢いよくソファから立ち上がった。これ以上梨花さんに言い責められて、平常心でいられる自信がない。

「すみません！　失礼します！」

親睦会で黒瀬さんに「結婚はできません」とSNSの噂を口実にキッパリそう言うつもりだった。けれど優香と入れ替わって騙しているのはそもそも私のほう。これはその嘘を黒瀬さんに明かさずに彼だけを悪者にしようとした罰だ。

「あっ、待ってくれ！」

黒瀬さんの呼び止める声を無視して、私は逃げるようにその場から走り去った。そしてちょうど開いていた下に向かうエレベーターに転がり込んだ。

はぁ、もう、最低！　最低だよ、私。

箱の中には数人の人が乗り合わせていた。壁に背を凭れてずるずるとしゃがみたい衝動を抑え、何度も唾を呑み込む。

とにかく早くここから離れたい、早く！　早く！

そう思っていたのにエレベーターは無情にも二階で止まる。フロア案内を見ると二階から駅へ向かう連絡通路があるようだ。

私はエレベーターから人と一緒に押し出されるように降りて、ひたすら出口まで走った。

わき目も振らずに角を曲がり、勢いよく自動ドアから飛び出すとバケツの水をひっくり返したような雨が一気に私の身体をずぶ濡れにした。その雨脚に一瞬怯《ひる》んだけれど、行き交う人を縫って走る。たった数十メートルの距離がものすごく遠く感じた。

はぁはぁと息が上がり、あと少しで駅への入り口までたどり着く……というところで不意に後ろからぐっと腕を掴まれた。

「きゃっ！」

あまりにも突然で思わず短く声が出る。咄嗟に振り向くと、そこには私と同じようにびしょ濡れになった黒瀬さんが立っていた。

ど、どうして……？

黒瀬さんは怒るでも笑顔を浮かべているでもなく、ただ私を無表情で見つめている。

掴まれた腕を振り切ってそのまま駅まで走ろうと思えばできたのに、私の足は棒のように固くなってもう動かなかった。

「俺、学生時代は陸上部だったんだ。だから、脚力には自信がある」

そう言うと、やっと黒瀬さんが小さく笑った。

陸上部、だったんだ。

私がどんなに全速力で走って逃げても、彼に追いつかれるのは必然だったのだ。こんな時なのに陸上部と聞いてひとり納得する。

「ごめん、嫌な思いをさせたな」

黒瀬さんの整えた髪が乱れ、前髪から雫が滴っている。今みたいな心情じゃなければ〝水も滴るいい男〟という表現にぴったり、だなんて浮かれていたかもしれない。

けれどそんな余裕もなく笑顔も作れない。唇を噛んだまま俯いていると、はぁと黒瀬さんがため息をついた。

「さっき君が言っていたSNSの拡散画像って、もしかしてこれのことか？」

雨が降っているというのに黒瀬さんはポケットからスマホを取り出すと、開いた画面を私に見せた。

え……？

それは梨花さんと思われる長い黒髪の女性と、後ろ姿ではあったけれど背の高いスーツを着た男性が仲睦まじく飲食店から出てくるところを激写された画像だった。

そこに写っていた男性は、背格好は黒瀬さんと似ていたけれどまったくの別人だとひと目でわかった。

「会社の連中が先日騒いでいたからこの件に関しては知っていたが、まさか君がこの男を俺と勘違いするなんて想定外だ。君はこれをちゃんと見たのか？」

黒瀬さんに言われて息を呑む。確かにちゃんとこの画像を見ていたら、明らかに黒瀬さんとは違う人物で私の勘違いだと気づけたはず。

『有名企業の社長さんらしいよ～。ＳＮＳでも画像が拡散されていて噂になってるんだから、ほらほら見て』

『ちょ、相手の男！　背が高くてめちゃくちゃイケメンそうじゃない？　顔がはっきりしてないからよくわからないけどさぁ』

先日の先輩たちのお喋りしていた内容を思い出す。ネットの検索で〝美人ピアニストお忍び深夜デート！　お相手は大手企業のイケメン社長か〟という見出しを見ただけで、肝心の画像を見たわけじゃなかった。

それに梨花さんが黒瀬さんに好意を寄せていたこともあって、私はＳＮＳの噂を真に受けて噂のイケメン社長が黒瀬さんだと勝手に思い込んでしまっていたのだ。そして今、その写真に写っている梨花さんの隣にいる男性が黒瀬さんの後ろ姿とは似ても似つかない別人だったという事実に、私はただただ呆然とするしかなかった。

すべて私の馬鹿な早とちり……。

もしかして、私、梨花さんにからかわれていただけ？

「頼むから最後まで話を聞いてくれないか。すまない、もし俺が誤解を招くような態度を取っていたのなら――」

「違います！」

黒瀬さんに非はない。謝らなければならないのは私のほうだというのに、そんな申し訳なさそうな顔をしないで欲しい。

言葉が思いつかず、私はとにかく全力で否定したくてブンブンと首を大きく振った。

「わ、私が全部いけないんです……私が」

寒いわけでもないのに声が小刻みに震える。

「ホテルに戻ろう。この状態じゃ、ふたりともどこの店にも入れないからな。空いている部屋で休もう」

ふたりともずぶ濡れの姿に黒瀬さんは苦笑いしている。私は身体を掻き抱いてまたふるふると首を振った。

「これ以上、黒瀬さんと一緒にいる資格なんて……梨花さんが言ってたでしょう？　私は、私は小峰優香じゃなくて――」

「知ってるよ。〝小峰優香〟じゃなくて、君は〝小峰愛美〟だろう？　さっき梨花が言っていたからじゃない、俺は……知っていたんだ。初めから」

「え？」

「俺が愛しているのは小峰愛美、君だ」

その衝撃的な黒瀬さんの告白に私は言葉を失った。

初めから知ってた？　一体どういうこと？　愛してるって……？

顔を上げ、瞬きするのも忘れて彼を見上げると、黒瀬さんは眉間に皺を寄せて怒るでもなく、ただ切なげに目を細め私を見つめていた。


親睦会のあったホテルのオーナーと黒瀬さんが知り合いだったこともあり、客室と着替えを用意してもらった。ここに来るまでとにかく頭が混乱していて、どうやって部屋にたどり着いたかも覚えていない。

部屋の扉が閉まるのと同時に、黒瀬さんがギュッと私の身体を正面から抱きすくめた。

「寒いか？」

「いいえ」

あれだけ雨に打たれて全身びしょ濡れになっていたにもかかわらず、まったく寒さを感じなかった。むしろ抱きしめられたことでじわじわと身体が火照り出す。

もうなにもかも彼に知られてしまった。

「ごめんなさい、私……ずっと黒瀬さんに嘘をついていました」

「いいんだ。嘘……とは少し違うかもしれないが、本当は君が愛美であることを知りながら黙ってたんだから同罪だ」

互いに言葉を交わさずとも、目を見ればその想いが絡み合っていくのがわかる。

「俺ももう限界だった。君が〝優香じゃない〟と言ったとき、妹さんには悪いがちゃんと自分の気持ちを告白しようって決心したんだ」

ようやく伝えられた安堵感からか、黒瀬さんがホッとしたような表情で私を見つめた。

「こんなこと言ったら、変な女だって思うかもしれませんが……私」

これからとんでもなくおかしなことを言おうとしている。頭の中でそうわかっているのに勝手に口が開く。

「黒瀬さんに憧れていたんです。イルブールでピアノを弾きに行く度、今夜は来てるかどうか気になって、ずっと……見てました」

二十三年間、こんな告白じみたことを言ったのは初めてだった。恥ずかしくて口に出せないような言葉も、彼の前ではなんのためらいもなく口にすることができた。

「私も、黒瀬さんが好きです」

自然と引き寄せられるように唇を寄せ温かさが交われば、徐々に上がっていく息が弾み出す。

「嬉しいよ、俺と同じ気持ちでいてくれてたなんて」

「んっ……」

「それに君はさっき、梨花から愛美だと言われてもうまく誤魔化せなかっただろう？」

自分の不器用さまで明るみに出たようで恥ずかしい。思わず目を伏せると黒瀬さんがクスリと笑い、私の顎を取って上向かせた。

「そういう嘘がつけない正直なところ、惚れ直した」

顎からそっと包み込むように黒瀬さんの手が私の頬に触れる。鼻から抜けるような声が漏れて、頬に添えられた彼の手を握った。

キスは見る間に深くなり、私も黒瀬さんも夢中で貪り合った。私の腰を抱いていた彼の手が脇からゆるゆると胸へ這い上がってくる気配を感じる。その感覚は鮮明で熱い。

「すまない、シャワーが先だよな」

ふっと身体が離れていくと、いきなりおあずけをされたみたいになってその熱を無意識に追いかけたくなる。

もうシャワーなんてどうでもいい、このまま私を抱いていて欲しい。

そんな思いで彼の腕を掴む。

「馬鹿、そんな目で見るな。これでも我慢してるんだ」

目元が熱くなっているのがわかる。きっと私は潤んだ目で顔を真っ赤にしながら彼を見つめているに違いない。

「我慢、しないで……ください」

自分はこんな大胆な発言をするタイプだっただろうか？

小さく呟いた後、私の中の貪欲さに気づかされて急に恥ずかしくなる。すると顔を隠す間もなく、黒瀬さんに抱きかかえられそのままベッドに押し倒された。彼の艶めいた瞳に見下ろされ、これから始まることに私の鼓動が加速する。

「君のすべてを見せてくれるか？」

自分のシャツのボタンを外しながら黒瀬さんが問う。はらりと覗く胸板の素肌に、私は思わず喉が鳴った。そして迷いもなく頷くと、黒瀬さんが小さく笑って再び口づけてきた。

舌先が唇を割って、深く口内へ押し入ってくるだけで身体がのけぞるほど悦んでいる。ずっとずっと憧れていた彼が、今私を抱こうとしている。そう思うと身体の芯が疼いて仕方がなかった。

互いに一糸纏わぬ姿になり、ありとあらゆる刺激を与えられる度に私は自分でも恥ずかしくなるような甘い声を上げた。

「こんな色っぽい声してるなんて、イルブールでピアノを弾いている君からは想像もできないな」

「……そんな、わかんなっ、あっ」

「たまらないな」

恥ずかしいからそんなふうに言わないで。なんて抗議の言葉よりも先に甘い声が上がってしまって、それを楽しむかのように黒瀬さんが微かに笑う。

何度も彼の熱を受け入れ、水をたっぷり吸った角砂糖のようにこのまま溶けて崩れてしまいそうだ。自分の身体の輪郭さえあやふやになって、頭の芯がぼうっと霞《かす》んで意識が飛ぶような感覚がする。

「んっ……んっ」

手の甲を噛んで極力声を殺していると、黒瀬さんの左手がそっと私の指先に触れた。

「そうやって苦しい息の下から喘いでるほうがよっぽど性的刺激を煽ってるって自覚あるか？」

「や、いや……」

とろとろに溶かされてうまく閉じることができない口元なんて見られたくない。そう思いつつもすでに力の入らない身体では、手を引き剥がされても抗えない。

「愛美……っ、まったく君の声は俺の自制心を台無しにする」

気がつけば、黒瀬さんの声からも余裕が失われていた。背中に腕が回され、強く抱きしめられて互いの胸がピタリと合わさる。身体の外からも中からもすべて黒瀬さんに満たされた気がした。でもそれはとんでもなく気持ちのいいことで、私は自分も黒瀬さんの背に腕を回して、汗ばんだその身体をしっかりと抱き返した。

第五章　すべての始まり　黒瀬side

〝一目惚れ〟

そんなロマンチシズム的な思考、俺には皆無だと思っていた。

彼女に出会うまでは――。


「お待たせしました。五種のチーズの盛り合わせと、こちらグラスワインになります」

「ああ、ありがとう」

たまたま視察と称して訪れたスペインバル〝イルブール〟は、店は小さいながらも大衆じみた雰囲気が親しみやすく、少し飲みたいときに気軽に立ち寄れるようなバーだった。気づけばひとりで週に一回、多いときで三回通うようになっていた。忙しい日々から解放されるような気分になれる憩いの穴場スポットだ。

はぁ、今回の取引先のオーナーはなかなか癖が強そうだな。

今日の商談のことを思い返し、いつものテラス席で赤ワインを飲みながらチーズを摘まむ。

ほんの安らぎのひとときを心行くまで堪能したいのは山々だったが、今夜はあまり時間がなかった。家に帰ったら書類をまとめて、それからまだやるべきことが山のようにある。それでもわずかな時間を割いてでも、自然に癒やしを求めて今夜もイルブールへやって来た。そのとき、店内からピアノの旋律が聞こえてきてハッとする。

俺には、ここの店に来るもうひとつの目的があった。

飾り気がなく、その地味さが雑踏に咲く一輪の花のような、ピアノの前で優雅に音色を奏でる名も知らない女性。

彼女は曲によって表情を変える。憂いを秘めた顔、楽しげな顔、そして……誰かに想いを馳せているかのような顔。本人は無意識なのかもしれないが、どういうわけか俺は初めて彼女を見たときから釘付けになっていた。

これが一目惚れってやつか？　まさか。

しかし、彼女から目を離せない理由を自問すると、俺はまともな答えを見い出せなかった。

一度でいいから話がしたい。声を聞いてみたい。

俺がこの店に通う本当の理由は、彼女に会うためだ。

テラス席から密かにそんなふうに思っている男がいるなんて、彼女は想像もしていないだろう。

女性に話しかけることくらい造作もないと思っていたが、彼女だけは高嶺《たかね》の花のような存在で、結局遠くからただ眺めていることしかできなかった。

時々、彼女宛てにプレゼントが送られてくるようで、それが女性からなのか男性からなのかわからないが、どうやら彼女目当ての客は俺だけではないようだ。

そうだ、話しかける口実に花を贈るのはどうだ？　それとも手紙？　いや、いくらなんでも古風すぎるか……。

今まで気づかなかった自分の中の男らしくない部分に情けなさを感じつつ、時間を確認すると残念ながら仕事に戻らなければならない時間になってしまった。

まったく、忙しないな。

テーブルで会計を済ませ席を立ったそのとき、イルブールのオーナーと女性スタッフが他に誰もいない隅で話している会話がふと聞こえてきた。

「オーナー、この手紙どうします？」

「ああ、そこの棚の箱に入れておいてくれ。花束は……そうだな、カウンターの花瓶を使うか」

「この間も同じ方からお花とお手紙いただきましたよね、熱狂的なファンがいるんですねぇ」

「まぁ、ただの〝熱狂的なファン〟だったらいいんだけどな。まったく叔父としては心配が絶えない」

ただの〝熱狂的なファン〟だったら？　なんだか意味深な感じだな。まさか、ストーカーじゃないよな？　いや、いくらなんでも考えすぎか……。

「あまりにも変にエスカレートするようだったら警察に届けたほうがいいんじゃないですか？」

え、なんだって？　警察？

なんとなく不穏な会話に思わず聞き入ってしまう。

「そうは言ってもなぁ。具体的に実害がないし、あいつがこういうものを受け取るのを怖がって拒否してるだけで、花や手紙に罪はないからな。まったく、こういうときに守ってくれる男でもいりゃいいんだが……まるで色恋に興味ねぇって顔してる」

そんな会話をしながらふたりは店の奥へ行ってしまった。

定期的に熱心なファンから手紙や花が彼女宛てに届いているらしいが、怖がって受け取りを拒否していることに違和感があった。オーナーが言っていたように、ただのファン止まりでいるならまだしも、万が一のことを考えたら心穏やかじゃなかった。それに色恋沙汰に興味がないとくれば、正攻法でいきなり声をかけてもかえって警戒されるだけだ。

ただでさえ怖がっている彼女に見ず知らずの俺が花なんて贈れば逆効果か……。

どうにかして彼女と接触する方法はないかと考えあぐねていたある日のこと、青天の霹靂《へきれき》ともいえる絶好のチャンスが訪れた。

『……ところで黒瀬君、君もいい年だろう？　どうだ、私の娘と会ってみないか？』

うちの会社の広告を委託している広告代理店の小峰社長から電話がかかってきたのは、イルブールへ訪れてから数日後のことだった。それは会議から社長室へ戻り自分のデスクに座ったと同時で、まるで待ち構えていたかのようなタイミングだった。

小峰社長の娘と？　それって見合いってことか？

男の三十二歳なんてまだまだ働き盛りで結婚なんて意識するような年じゃない。そう思っているのは俺だけだろうか。小峰社長に『いい年』と言われて改めて思う。しかし俺が会社を立ち上げたとき、小峰社長にはずいぶん世話になったし恩もある。無下にはできない。

『娘の写真をメールに添付して秘書に送らせよう。考えてみてくれ』

「わかりました」

なんで仕事の話から見合いの話になったんだ？　もしかして本題は仕事のことじゃなくて見合いのほうだったのか？

なんだか話にうまく乗せられたような気分になりながら電話を切ると、無意識に重いため息をつく。すると休む間もなく、秘書が明日のスケジュールの確認をしにやってきた。

「黒瀬社長、少しお疲れみたいですね」

「え？　そんなふうに見えるか？」

千人以上の社員を抱え、会議や出張を繰り返す毎日。人の上に立ち、俺の会社で汗水たらして頑張ってくれている社員がいる限り、決して弱い部分は見せられない。ましてや疲れた顔など……と思っていたが、彼女にはそんなわずかな気の緩みもお見通しのようだ。

「いや、大丈夫だ。君も定時で上がっていい。子どもの迎えもあるだろう？」

時刻は十七時。

秘書として雇っている石田《いしだ》はよく気が利いて、結婚前は大企業社長の専属秘書をしていた経歴があるためか仕事ぶりも優秀だ。社長である俺に時に厳しく意見することもあるが、すべて的を射ていてそんな彼女の裏表のないはっきりとした人柄を買っている。

「ここだけの話、小峰社長の令嬢と見合いすることになりそうだ。君はどう思う？」

「え？　お見合いですか？」

石田は気の置けない信頼できる秘書だ。だからこんなプライベートなことでも安心して話すことができる。彼女は突拍子もないことを言われても騒ぎたてもせず、冷静も答えた。

「そうですね、社長が気に入る女性ならきっと素敵な方だと思いますよ。それにどんな相手であろうと自分の気持ちが一番大切かと……。それでは失礼します」

自分の気持ちが一番大切、か。

石田に言われた言葉を反芻《はんすう》しながらイルブールの彼女のことを思い浮かべた。

彼女は今頃なにをしているだろうか？

石田が去った後の社長室でひとり、またため息をつく。ふとパソコン画面に目をやると一通のメールが入っていることに気づいた。

さっそく小峰社長が言っていた娘の写真を送ってきたのかと、イルブールの彼女のことを考えた後ではあまり気乗りしなかったが、頬杖をついて受信箱にある添付ファイルを開いた。

「えっ？」

そう思わず声に出してしまう。俺はしばらくマウスに手を載せたまま固まった。

嘘だろ、だって彼女は……。

送られてきたのはやはり小峰社長の娘の写真だった。

セミロングの黒髪にぱっちりとした二重、柔らかそうなピンクの唇に肌は透き通るように白い。

一瞬なにかの間違いかと思ったが、メールは紛れもなく小峰社長からで、微動だにできないほど驚いたのは、写真に写っていたのがイルブールでピアノ演奏しているあの〝彼女〟だったからだ。店で演奏しているときは眼鏡をかけ、化粧もナチュラルな感じで髪の毛もいつも結んでいた。この写真の女性とは少し雰囲気が違うが、ひと目で彼女だとわかった。

ああ、信じられない。

その写真を瞬きも忘れて見入っていると、屈託もない笑顔がまるで俺に向けられているようで馬鹿みたいに恥ずかしくなる。

これって夢じゃないよな？

思わず緩んでしまいそうになる口元をサッと手で覆い、部屋にひとりでいることに気づくとホッと胸を撫で下ろす。

馬鹿みたいだな、俺。

【小峰優香　二十三歳。私の会社の秘書課で勤務している。見合いの日取りは黒瀬君に合わせよう、連絡を待っている】

あっさりとしすぎる彼女のプロフィールに、もっと彼女のことを知りたいという欲望が掻き立てられる。

優香……優香っていうのか。

せめて名前だけでも知りたいと思っていた。まさか彼女が取引先の社長の娘だったなんて思いも寄らない事態に、柄にもなく動揺した。もしかしたらこの先の人生の運をすべて使い切ってしまったのではないかという幸運に身震いする。

きっとこれは、運命だ。

さっそくメールで【明日にでも予定を組みましょう】と小峰社長に連絡を入れ、彼女に会える。という原動力で山積みの仕事を猛スピードで片付けていった。

そして翌日。

まさか意中の相手を紹介されるなんて、あれこれ思い悩んでいた俺にとって急展開の出来事だった。

『……というわけで、すまないな、なんとか優香とふたりでうまくやってくれないか？』

お見合い当日の朝、小峰社長から電話が来て前もって場所と時間は決まっていたが、彼女の親である小峰社長が急用で同席できなくなってしまった。

「そうですか、社長がいらっしゃらないのは残念ですが……」

口ではそう言いつつ、彼女に会える上にふたりきりになれる幸運に両手を突き上げたくなった。

待ち合わせの時間に遅れないように余計なスケジュールは入れないようにして、一日の仕事をサクッと終わらせると、見合いの場所であるホテルのレストランへ向かった。

時刻は十九時。

小峰社長がレストランの予約を入れておいてくれたようで、スタッフに通された席で三十分待った。思いのほか早く着きすぎてしまったのだ。しかし、そんな待っている時間でさえも年甲斐にもなく胸が躍り、苦にならなかった。

まったく落ち着けよ俺。がっついてるなんて思われたら恰好悪いぞ。

そう自分を戒めていたら、どこからともなくふわっと女性らしいフローラルな香りがして、顔を上げると彼女が微笑んで立っていた。

「すみません。お待たせしました。初めまして、小峰優香です」

やっぱり近くで見れば見るほど綺麗な人だ。

イルブールで初めて彼女を見かけたときも綺麗な人だと思った。今夜は眼鏡もかけていないし髪型も下ろしていていつもと雰囲気が違う。

彼女が椅子に座ると小さく微笑む。この向けられた笑顔が紛れもなく俺へだと思うとこそばゆくて、そして嬉しかった。

「今日は突然父が来られなくなってしまって、すみません」

「いや、いいんだ。社長もお忙しい人だし、君と水入らずで話せるならそれで」

思わず本音が出てしまうと彼女がクスッと笑った。

初めはこちらの出方を窺うように大人しめにしていた彼女だったが、だんだん雰囲気に慣れてくると色々話すようになっていった。そんな姿も可愛らしくてつい無意識に頬が緩んでしまう。

「え、黒瀬さんってホラー映画好きなんですか？　実は私もなんです。今、公開されてる〝漆黒の海の死体〟が気になってて……」

「じゃあ、今度一緒に観に行かないか？」

次に繋げられそうな話題ができたところで、俺はイルブールのことをあれこれ尋ねた。しかし今まで饒舌《じょうぜつ》だった彼女だったが、ピアノの曲についてや仕事の話をするとどことなく歯切れが悪くなっていった。

この違和感はなんだ？

気のせいだ。そう自分に言い聞かせて話を続ける。

「先日、イルブールで弾いていた曲、あれはなんていう曲なんだ？　うちの店にもピアノ演奏者がいて、今度リストに入れるようにしたい」

「え？　ピアノ？」

彼女が食事をする手を止め、笑顔もなくきょとんとした目で俺を見つめた。

ん？　なんだ？　なにかおかしなことを言ったか？

一旦は気のせいだと思い、なおも話を続けていると彼女の表情から笑顔が消え、俺を見つめる彼女の目が怪訝な色に染まっている。そこでやはりなにかがおかしいことに気がつく。

「あの……」

少し考えるような顔をしてから彼女が口を開いた。

「もしかして、黒瀬さん……私のことを姉の〝愛美〟と勘違いしてませんか？」

「は？　姉、だって？」

寝耳に水とはこのことだ。俺も食事の手が止まる。そして異様な沈黙に今までの空気が一変した。

「姉って……じゃあ、君は妹なのか？」

そう言うと彼女は目を丸くして驚いた顔をした。

「黒瀬さんの言っているイルブールでピアノ演奏しているのは姉の愛美のほうですよ。私はその妹です。私たち一卵性の双子でよく似てるって言われるんですけど……」

ふ、双子⁉　待て待て、そんな話聞いてないぞ？

念願の彼女とお見合い。そのことですっかり浮かれきっていた頭が混乱する。

イルブールでピアノ演奏しているあの彼女だと思っていた目の前の女性が、まさか双子でしかも妹のほうだったなんて、とんだどんでん返しだ。

それにしても、ここまでそっくりだとは……。

どうりでいつもと雰囲気が違うと思った。不覚にも言われなければ気がつかなかったかもしれない。

「黒瀬さん、愛美のこと知ってたんですね。すっごい偶然！　びっくりしちゃいました」

彼女はあっけらかんと笑っている。この思いも寄らない展開に俺も苦笑いを浮かべるしかなかった。

「ひょっとして黒瀬さん、むしろ愛美のほうが気になってる……って感じですか？」

「え？」

「ふふ、今までの話でなんとなく、それに顔を見ればわかりますよ」

おいおい、いきなり直球だな。俺が一体どんな顔をしていたというんだ？

「私を愛美だと思って話してる黒瀬さん、すごく嬉しそうだったし」

俺の心を見透かすように彼女がニッとして顔を覗き込んでくる。その目に〝図星でしょ？〟と言われてるようで俺は潔く観念することにした。

「ああ、そうだよ、君の言う通りだ。俺はお姉さんのほうに……気がある。けど一度も話したことはない」

複雑な気持ちだった。動揺しているなんてみっともなくて、俺はふっと浮かんだ無様な自分の姿を掻き消すようにワイングラスを呷った。

「それって黒瀬さんの片想いみたいな感じですか？　こんな素敵な人から密かに想われてるなんて……愛美ってばもう！　羨ましい限りです」

まるで恋バナに花を咲かせてキャッキャしてるうちの会社のＯＬたちと話している気分だ。

そういえば、イルブールのオーナーが「彼女は色恋に興味がない」と言っていた。相手にその気がなければ俺がいくら想いを寄せても彼女の言う通り、完全な俺の片想いってやつだ。

はぁ、もうこのまま飲み明かしてしまおうか……。

そんなふうにやさぐれかけていたとき、彼女が思わぬことを口にした。

「あの、折り入って相談があるんですけど……愛美と恋人同士になりたくありませんか？　方法がないわけじゃないです」

「なんだって？」

彼女と恋人同士になる方法があるだって？　まさか、そんなことができるわけ――。

「話を聞こうか」

なんだか悪徳商法に捕まったみたいな気分だ。わかっていたにもかかわらず、俺は彼女の策に耳を傾けることにした。

「ふぅん、なるほどね。君は父親に恋人とのことを反対されているのか」

正直、優香さんに恋人がいるということにホッとした。この縁談はなかったことにはなるが、お見合い相手が結局〝イルブールの彼女〟でなかったというがっかり感は否めない。

ようやく落ち着きを取り戻し、再び料理に手をつけながら話を聞く。

彼女は悪く言えば狡猾《こうかつ》、よく言えば機転の利く頭のいい女性だった。

小峰社長はどうやら彼女と俺を本気で結婚まで進めたいらしい。しかし彼女にはすでに恋人がいる。だから姉と入れ替わることで小峰社長の目をはぐらかし、知られることなく彼女は恋人と交際を続けられる。そして、俺は俺で姉のほうと〝恋人ごっこ〟ができる。というのが彼女の考えだった。

「お姉さんに本当のことを話すわけにはいかないのか？」

なぜ偽の恋人でなければならないのかわからなかった。人を騙すなんて俺の性に合わない。

「黒瀬さんが私とではなく、愛美と付き合ってることが万が一、父に知られたら……

ちょっと都合が悪いんです」

言いにくそうに言葉を濁し、しばらく言葉を考えてから彼女が口を開く。そして小峰家の複雑な家庭環境を聞かされた。浮気性の母親に自ら望んでついて行った姉を父親はあまり快く思っておらず、長い間連絡もしていないらしい。だから姉のせいで縁談の話がなくなったと勘違いすれば、小峰社長が逆上して無理にでも彼女の恋人と別れさせようと嫌がらせをするのではないか、ということを懸念していた。

あの温厚そうな小峰社長がそんなことをするのか？

にわかに信じ難かったが親子だからこそわかる裏の顔というものがある。それに、複雑な家庭環境については俺にも身に覚えがないわけじゃない。だから彼女の話に思わず同情してしまった。

「けど、お父さんが別れさせようと考えるのなら、君たちではなく俺とお姉さんのほうなんじゃないか？」

すると彼女がすかさず首を振った。

「父は黒瀬さんを怒らせるようなことはしません。自分に不利になると知っているから。そういうところが父のずる賢いところなんです」

なるほど。俺の機嫌を損ねて契約を切られたりでもしたら……って、そこまで考えているということか。

それが本当なら小峰社長は一筋縄ではいかない相手だな。

ふぅと息を吐いて胸の前で腕を組む。

「愛美は今までずっと色んなことを我慢してきたんです。だから、姉には幸せになってもらいたくて、偽りの恋人でも、もしかしたらって思っちゃうんです。愛美と黒瀬さんがうまくいくように応援します！」

「でも、お父さんに知られたらまずいんだろう？」

そう言うと彼女はガクッと肩を下げた。

「そう、なんですけど、なんだか言ってること矛盾してますよね。でもこんなに素敵な人に気にかけてもらってるのに、またとないチャンスかもしれません。これが愛美にとっていいきっかけになるなら……もし父にバレたら、そのときはそのときでまた考えます」

俺が姉と交際していると父親に知られたらまずいと言っておきながら、彼女は偽りの恋人の中にわずかな希望を望んでいる。彼女の中でも自分の身を守るか姉のためを思うか、決めかねない葛藤があるように思えた。

すべては姉であるイルブールの彼女の気持ち次第、というわけか。

初めは自己中心的な浅はかな策略だと思ったが、姉思いの彼女の心に気持ちが揺さぶられた。

複雑な家庭環境……ね。

『なんだって？　私の会社を継がないとは、一体どういうことだ！』

『なんのためにお前を死んだ兄から引き取って、ここまで面倒見てきたと思ってる！』

ふと、脳裏を過った思い出したくもない過去の記憶。

生前、俺の両親はそこそこ大きな会社を経営していた。

当時、俺がまだ高校生だったある日のこと、夫婦で久しぶりの休日に訪れた旅行先で事故に遭い突然、両親は他界した。

失意の中、まだ小学生だった弟三人の面倒をなんとかアルバイトで支えていたが、両親の会社に借金があることがわかって途方に暮れていたとき、父の弟である叔父夫婦が俺たち兄弟を養子として迎え入れてくれた。子どもに恵まれなかった叔父もまた大手企業の会社を運営していた社長で、両親が残した借金をすべて肩代わりしてくれた。叔父は優しかったが、子どもを産めなかった腹いせに養母からは虐げられる毎日で、ある日食事を与えられなかった弟たちを見兼ねてこっそりカレーを作ったことがあった。

『兄ちゃんの作るカレーは世界一美味しい！』

『ねぇ、兄ちゃん、料理人になりなよ』

満足に具も入っていないただの安っぽいカレーだというのに弟たちにそう言われて以来、俺は自分の料理を人に食べてもらう喜びに目覚めてしまった。

叔父はそれまで俺が会社を継ぐことを信じて疑っていなかったが、国立大学を卒業しイタリアへ渡ると、将来自分の店を持ちたいという気持ちが強く募っていった。

叔父の会社は精密機器を扱う会社で俺が望んでいる業種とはまったく異なった。イタリアから帰国し、自分の会社を持ちたいと思い切って打ち明けると、叔父は激高し人が変わったようになった。

叔父を裏切ってしまった後ろめたさに苛《さいな》まれ、やはり夢を諦めるべきか迷っていたとき、弟たちがそれぞれ叔父の会社を継ぐと言い出した。

『兄貴には本当に感謝しているんだ。だから、今度は俺たちが恩返ししなきゃなって』

『叔父さんの会社は俺たちが継ぐよ、だから兄貴には自分の思う通りに生きて欲しいんだ』

『だって今までずっと色んなことを我慢してきたんだから』

弟たちにはどんなに感謝してもしきれなかった。それから俺は叔父の会社を継がずに反対を押し切って会社を立ち上げた。それからというもの、片時も休まず仕事に没頭し、パリメラを今では一部上場企業にまで成長させた。

『なぜ、会社を継がなかったんだ？　今でも気持ちは変わらないのか？』

『一度決めたことは必ずやり遂げたかったんです』

『一度決めたこと、か……お前の初志貫徹主義は父親そっくりだな。兄もそう言って、親父の会社を継がずに反対を押し切って自分で会社を立ち上げたんだったな』

昔、叔父が俺の店にふらりと現れて何年か振りにそんな会話を交わした。そして叔父は小さく俺に笑ってひとこと、『人の上に立つ以上は必死で頑張れよ』と言い残した。

姉には幸せになって欲しい、という彼女の気持ちはあのときの弟たちと同じなのかもしれない。

「黒瀬さん？」

ふと名前を呼ばれてハッとする。どうやら彼女の姉想いから思わず遠い記憶の回想に耽ってしまったようだ。

「あ、ああ、すまない」

気を取り直してひと口ワインに口をつける。

「それで、俺は君のお姉さんが優香さんとして振る舞っているのを知らぬ振りをすればいいんだな？」

話を聞いていなかったと誤解されないよう、彼女の言い分を頭の中で高速処理する。

「そして、君のお父さんになにか聞かれたときは、口裏を合わせる。ということか？」

「そういうことです」

彼女の策は探せば穴だらけの完璧といえるものではなかったが、俺も姉思いの彼女になんとなく協力したくなった。それに、イルブールの彼女と今度こそ接触できると思うと、俺にとっても案外悪い話じゃない。

話がしてみたい。一緒に笑い合いたい。

きっかけはどんな形であれ、この彼女が言うようにもしかしたらその先だって……。

そんな打算的な思いが欲となって、俺をその気にさせた。

「私、愛美と今一緒に住んでるんです。だから、ここで話した内容の擦り合わせもバッチリできますから、そこは心配しないでください。さっそく今週末にでも愛美と初デート決行しませんか？　あ、これ愛美の連絡先です」

まったく、用意周到な妹だ。「行動力」「判断力」「信念の強さ」これらを兼ね備えている人は経営者に向いている。父親の会社でOLをしていると言っていたが、もったいないとさえ思う。

連絡先の書かれたメモ紙を受け取り、俺も自分の連絡先を書いた名刺を手渡した。

「愛美には黒瀬さんの恋人、〝小峰優香〟を演じるように言っておきますね、だから黒瀬さんもなにも言わずに騙されてる振りをしてください。そうだ、今度のデートに映画なんてどうです？」

初対面だというのに、彼女は知り合いと喋っているような口調でスラスラと言葉を並べる。遠慮がないというか神経が図太いというか、しかし、こういった類の人間は嫌いじゃない。

「私と愛美はだいたい好みが一緒なんですけど、私は映画とかもホラーが好きで、愛美は――」

意気揚々としている彼女のスマホが鳴る。

「あ、すみません」

「気にしないで電話に出るといい、きっと心配した小峰社長からだろう？」

「ええ……」

バツの悪そうな表情ですぐにわかった。やはり父親からだったようだが、彼女は手短に用件を済ませ電話を切った。

「失礼しました」

「いや、気にしないでくれ」

そういえば、さっき彼女はなにを言いかけていたんだったか？

頭の片隅に先ほどの会話の続きが残っているが、彼女が気を取り直して話し出す。

「父はものすごく心配性で……あ、デートは週末でもいいですか？」

「わかった。とにかくお姉さんが傷つくようなことだけはしないと約束する。巻き込まれるのは彼女のほうだからな」

知らないところでこんな計画をされているなんて、彼女のことを考えると少し気の毒に思えてくる。

「万が一のことがあったら……そのときは正直に彼女に話すよ」

それとなく釘を刺すと、彼女は真面目な顔でコクンと頷いた。

「わかりました。どうぞ愛美をよろしくお願いします」

そして、その週末。

俺は小峰優香と瓜二つで正真正銘の〝小峰愛美〟と会い、改めて彼女の魅力に惹き付けられるのだった――。

第六章　繋がる心

「そうだったんですか、優香がそんなことを……」

互いにしっとりと汗ばんだ素肌はまだ熱く、彼が逞しいその腕で私の頭を引き寄せた。燃えるような情事の余韻に浸りながら、私は黒瀬さんの肩に頬を寄せる。

憧れだった人と結ばれて、まるで夢みたいだ。こんな幸せな夢ならずっと覚めなければいいのにとさえ思う。雨でびしょ濡れになったドレスをルームサービスのクリーニングに預けて仕上がるまで、ほんのひとときの幸せに打ちひしがれる。

突如、暴露されてしまった私の正体は黒瀬さんの目にどう映っているだろうか。

私は黒瀬さんに寄り添いながら、優香と黒瀬さんがお見合いのときに立てた計画の一部始終を聞かされた。

「折を見て本当のことを俺の口からちゃんと説明するつもりだった。まさか、あんな形で梨花に邪魔されるとは……すまない、嫌な思いをさせた」

「いえ、いいんです。謝らないでください」

真実を知って驚いたけれど、優香や黒瀬さんに怒りを感じることはなかった。

「私が優香の話に乗ったりするから……でも結果的に黒瀬さんを傷つけるようなことにならなくて本当によかった」

騙すつもりが実はそうでなかったことに、私はホッとせずにはいられなかった。

「君は巻き込まれたっていうのに、怒らないんだな。それに姉妹入れ替えの話だって、嫌だったら断れただろう？」

確かに初め話を聞いたときはあまり乗り気じゃなかった。だけど無理やり好きな人と引き離されてお見合いをさせられる妹が不憫《ふびん》だったし、心のどこかでちょっといい刺激になるかも？　なんて思っていたのもある。

「優香と黒瀬さんの婚約を成立させるため、父が優香の恋人になにをするかわかりませんでしたから……でも本当のことを言うと、入れ替わった後で破談になるように仕向けるつもりでした」

「破談だって？」

「ええ、黒瀬さんのほうから断られるようにすれば、父も諦めると思ったんです」

自分でも安易な考えだとわかっていた。けれど、優香のお見合い相手が実は憧れの彼だったという予想外の展開に気持ちが揺らいでしまった。

「姉妹揃って優しいんだな」

馬鹿なお人好しだと思われたかな……。

するると、黒瀬さんが私の額に甘い水音を立て唇をあてがった。

「俺にも兄弟がいるって話しただろ？　今、こうしていられるのも弟たちのおかげなんだ。だから君が妹を思う気持ちもわかるよ」

ゆっくりと顔を上げると彼の笑顔とぶつかる。彼の笑顔が〝小峰愛美〟である私に向けられ、なんだかこそばゆい。

「愛美、俺はイルブールに初めて訪れたときから君に惹かれていた。本当は一目惚れなんて信じてなかったけど、認めざるを得ないな」

ほんの少し照れくさそうにして人差し指で頬を掻きながら、黒瀬さんが改めて私の名前を呼んだ。つい先ほどまでは私の名前を彼が口にするなんてあり合えないと思っていたのに、なんだか不思議な気分だ。

「あ、そうだ、君に謝らないと思っていたことがあるんだ」

ふと思い出したかのように黒瀬さんが私に顔を向ける。

「映画デートしただろ？　愛美とはだいたい好みも一緒だって妹さんから聞いていたから、君もてっきりホラーが好きだと思っていたんだ。完全な俺の早とちり、ごめん」

どうやら映画デートは優香の提案だったらしく、途中で優香に電話がかかってきたせいで私がホラー嫌いだと言う肝心な情報を聞き逃してしまったらしい。申し訳なさそうに表情を曇らせる黒瀬さんに対し、私はブンブンと首を振った。

「私こそ、優香になりきるために嘘を……初デートのとき、パリメラによく友達と行くなんて言いましたけど、実は一度も行ったことがなかったんです」

それからどうしても黒瀬さんのお店が気になってパリメラにひとりで行ったことや、そこで偶然に梨花さんに会ったことなどを話した。

「なるほど、君なりに優香さんになりきるため必死だったというわけか。俺も目の前に愛美である君がいるというのに、優香さんとして君と接しなければならない歯がゆさで、うっかりボロが出ないか内心ヒヤヒヤしてた」

自然と顔を見合わせると、同時にお互いに堪えきれない笑いを吹き出した。

ふたりの明るい声が部屋に響き、雰囲気が和やかなものになる。

「はぁ、なんだか頭でっかちに考えすぎて遠回りしてしまった気がするな。しかし正攻法で攻めるにしても俺の中で少しためらいがあったんだ」

黒瀬さんほどの素敵な人なら、女性に声をかけるなんて造作もないことだと思うけれど、躊躇するほどの理由があるのが意外だった。

「君が色恋沙汰に興味がないって、決定的なことをイルブールのオーナーと女性スタッフが話しているのを聞いてしまってね」

「そんなこと話してたんですか？　実はイルブールのオーナー、私の叔父なんです」

もう、叔父さんったら。どこで誰が聞いてるかわからないっていうのに……。

しかもそれが黒瀬さんの耳に入ってしまうなんて、とんだ失態だ。

「なるほどね。手紙や花も受け取らないとも言っていたが、それって怖がっていたからなんだろ？　だから声なんてかけたらますます警戒するんじゃないかって」

黒瀬さんの温かな腕が私のお腹を伝って腰に手をあてがう。まるで横から抱きしめられているみたいだ。大事だからこそ、という彼の気持ちがひしひしと伝わってきて嬉しくなる。

黒瀬さん、そんなふうに思ってくれていたんだ。

遠慮なく話しかけてくれたらよかったのに……と、一瞬そんな思いが過ったけれど、実際声をかけられたら驚いてうまく言葉を返せなかったかもしれない。

「お店で見かける憧れの人に、まさかお見合いの席で再会するなんて……本当にありえない偶然ですよね、驚きました。私もずっと遠くから見ていることしかできなかったので」

「愛美……」

私の想いを改めて聞いた黒瀬さんの声音は艶めきを滲ませていて、私の鼓膜が再び蕩け出す。するとそのとき、コンコンと部屋のドアがノックされてハッとなる。

「あ、私が出ます。もしかしたらドレスとスーツが仕上がったのかも」

「ちょっと待て」

現実に引き戻されると急に気恥ずかしくなり、それを誤魔化すように私はサッとベッドから起き上がってガウンを羽織る。

「失礼します。クリーニングサービスです。こちらのお召し物が仕上がりましたのでお持ちしました」

ドアを開けると若い女性スタッフがにこにこ顔で立っていて、預けていたドレスとスーツを手渡された。

よかった、これで着替えられるね。黒瀬さんのスーツもちゃんと綺麗になってる。

新品同様に仕上がったスーツとドレスを手に彼の元へそれを持っていくと、なぜか黒瀬さんは少し困ったような顔をしていた。

「まったく君は、クリーニングサービスのスタッフが男だったらどうするんだ。待てと言っただろう？」

「え？」

「そんなガウン一枚で、君は無防備すぎる」

見ると、合わせ目のところが大きく開いていて、今にも胸元がちらりと見えてしまいそうなとんでもない恰好をしていることに気づく。

「わ、私――ッ!?」

咄嗟にガウンを羽織ったせいか、私はあまりの恥ずかしさにクリーニングしたドレスとスーツを胸に抱え、くるりと黒瀬さんに背を向けた。

「君は見ていないと危なっかしいな」

「あっ」

ふわりと背中に温もりを感じて心臓が飛び跳ねる。弾みでスーツとドレスを床に落としてしまった。

「黒瀬さん、あのっ」

黒瀬さんの両腕が回ってきたかと思うと、彼は私の身体を後ろから優しく抱きすくめ、再びベッドの中へと引き込んだ。

「こっち見て」

天井を背景に黒瀬さんが見下ろしながら私の頬に手をあてがい、視線を顔に向けるよう促す。先ほどあんなに情熱的に抱かれたというのに、改めて見つめられるとどうしていいかわからなくなる。

「君を誰にも渡したくないんだ。さっきだって、ルームサービスのスタッフが男だったらなんて考えたくもない」

黒瀬さんはほんのり頬を赤くして、困惑しているような表情で私を見つめていた。

「こんな気持ちは初めてなんだ。ひとりの女性に対して自分でもどうすることもできないくらいの独占欲を抱くなんて、君に出会う前の俺が見たらみっともないと鼻で笑うだろうな」

黒瀬さんが自嘲気味に苦笑いする。

こんな表情をする黒瀬さんを見たのは初めてだった。いつも自信に満ち溢れていて頼りがいのある彼だけど、それが私に見せる特別な顔だと思ったら身も震えるような優越感に包まれた。

「ストーカー事件のとき、俺は本気だと言ったが、君は妹に対しての言葉だと思ってただろ?」

「……はい」

「あれは俺の本音だ」

黒瀬さんが言う通り、彼の告白なんて優香に向けられたもので、自分への言葉じゃない。そう言い聞かせることで黒瀬さんに憧れ以上の特別な感情を抱かないように歯止めをかけていたつもりだった。でも、結局私は彼の魅力にどんどん引き込まれ惹かれていった。

「結婚も視野に入れてと言ったのも？」

「ああ、優香さんじゃなくて愛美とね」

黒瀬さんが信じてくれというように、ふっと優しく目を細めて笑う。

「それに両親が離婚して以来、君が父親から冷たい態度を取られ続けていることも妹さんから聞いた」

「え、そんな話まで？」

もう優香ったら、なにも身内の話をわざわざしなくても……。

私と父がうまくいっていないことは隠すつもりもないけれど、なんだか恥ずかしい。

「親睦会のとき、本当は実の父親に気づいてもらえなくて悲しかったんだろう？　寂しそうな表情をしていた」

「んっ……」

そんなことないです。そう言おうと口を開きかけたけれど、それは彼の唇によって塞がれた。

「二度と君にそんな悲しい顔をさせない」

「黒瀬さん……」

『彼女、少し疲れているみたいなので、少しロビーで休ませていただいてもいいですか？』

親睦会のとき、なぜ黒瀬さんがそう言ったのかわからなかったけれど、彼は初めから愛美だとわかっていたから気を遣ってくれたのだ。今になって黒瀬さんの優しさがじわじわと伝わってきて、思わず鼻の奥がツンとする。父に優香ではないことがバレたらいけない。でも気づいて欲しい。そんな複雑なジレンマであのときの私の頭の中はいっぱいだった。目元が熱を持ち始めたかと思ったら、瞳がじわっと濡れてきて視界がぼやける。

「おいおい、泣くなって」

目じりから涙が零れ落ちたから、もう泣いてないなんて強がりは言えない。人前で泣くなんてみっとない。でも黒瀬さんの腕の中だけは、私が唯一泣くことを許される場所のような気がした。

「俺に君を守らせてくれ、いつだって君の味方だし裏切らないと誓うよ」

この世の中にそう言ってくれる人がいたなんて嬉しくてたまらなかった。

もう一度掠めるようなキスをすると、触れ合った黒瀬さんの唇が薄い笑みをかたどった。

言葉と共に腰を抱き寄せられ、再び空気が艶めいてくる。それはしっとりと私の肌に絡みつき、軽く触れただけだった唇が深く重なり合う。

「……んっ」

唇の角度を変えるときの水音に背中がゾクッとなる。つい先ほどあんなに求め合ったばかりだというのに、再び上がる息に抗えない。

ガウンを肩から下ろしながら彼の唇が首筋、胸元へと移動していく。そして鎖骨に軽く歯を立てられ、私の肩先が跳ねる。と思ったら今度は同じ場所をゆっくりと熱い舌が這い、ついに「あっ」と短い声が出た。ぐずぐず身体が溶けていくのがわかる。

黒瀬さんは物腰柔らかで優しくて、穏やかだ。けれど肌を重ね合わせれば想像もできないくらい情熱的で激しい。私は抑えようもない声を上げ、天井や壁から跳ねる自分の声は甘く濡れて、まるで他人のそれのようにも思えた。

「愛美、好きだ」

何度も身体を揺さぶられ、意識も途切れ途切れになりそうだった。彼が息を呑むのと同時に内側が濡らされる感覚がして、喉の奥から名残のような声が漏れた。すると途端に身体に彼の重みがのしかかってきて、私は抱きとめるように首に腕を回した。しっとりと汗ばんだ背中、首筋に触れるとなんだか妙に扇情的でドキドキする。

「黒瀬さん、私も……」

黒瀬さんの背後の窓からうっすら光が差し込んで、気づけばうっすら朝の光が白んでいた。

私は黒瀬さんとホテルで午前中をゆっくり過ごし、昼過ぎにアパートまで送り届けてもらった。

帰宅すると優香は外出しているようで、自宅には誰もいなかった。ホテルを出るときにスマホを見たら、優香から何件も着信が入っていた。そのことに気づいた黒瀬さんが、黙っているなんてできない私の性格を理解してくれて優香にはすべてを話したほうがいいと言ってくれた。

優香、きっと心配してるだろうな……。

スマホを確認するひとときもなく、ひと晩中黒瀬さんと抱き合っていたなんて知ったらどう思われるだろうか。

うぅ、目が痛い！

コンタクトをしていたことをすっかり忘れて昨日からずっと着けていたために、目が真っ赤になってしまっていた。洗面所の鏡を見るとなんとなく顔もむくんでいる。眼鏡くらい持っていけばよかったな……だって、黒瀬さんとあんなふうになるなんて思わなかったし。

目薬が目に染みる。私はギュッと目を閉じながらリビングのソファに座って凭れた。私、本当に黒瀬さんと恋人になれたんだ。

実際はもっとそれ以上の関係を結んだ。家に帰ってくるとすべてが夢だったんじゃないかと思うくらい現実味がない。すべての不安を拭うように何度もキスをして、抱きしめてくれた黒瀬さんの温もりを思い出すと頬が熱くなってきた。ドキドキと心臓も高鳴り始めたそのとき、ガチャリと玄関のドアが開く音がした。

「愛美！　もう、心配したんだよ！　全然連絡取れないし……って、わ！　どうしたのその目！」

「あ、優香、おかえり」

てっきり彼氏とお泊まりデートかと思っていたけれど、今日は用事があるらしく優香はひとりで買い物に出かけていたらしい。両手に大きな買い物袋を引っ提げ、それを置くと優香が私の傍へ来てじっと顔を覗き込んだ。

「まさか、親睦会でなにか嫌な目に遭った？　メッセージしても返信ないし電話にも出ないしさ」

「落ち着いてって大丈夫だから、なにもなかった……っていうわけじゃないけど」

「え？」

黒瀬さんとのこと、優香に話さなきゃ。はぁ、でもなにを先に話せばいいのやら。

私は言葉を考え、ぽつぽつと親睦会での出来事を優香に話を切り出した――。

「ええっ!?　う、嘘……それ、本当!?」

黒瀬さんと紆余曲折《うよきょくせつ》あって付き合うことになった。そのことを話し終えると、優香は案の定のリアクションで、両手を口にあてがったまま固まっていた。

「優香、ごめん。優香と黒瀬さんが仕組んでいたこととはいえ、まさか本当に付き合うことになるなんて思わなくて……お父さんにバレたら川野さんに迷惑がかかるかもしれない」

優香の恋人の川野さんを思うと、とんでもないことになるのではと気が気でない。けれど、優香はそんなことお構いなしにパッと顔を明るくさせて私の両手を握って上下にブンブンと振った。

「黒瀬さんと愛美が！　ああ、嬉しい！　お祝いしなきゃ！」

「え？」

お、お祝い？

私と黒瀬さんが恋人になってしかも結婚を前提になんて聞いたら、きっと「お父さんにバレたらどうするの!?」「健太がなにかされたら愛美のせい！」なんて言ってくるだろうと覚悟していたけれど、本人は怒るどころかむしろ喜んでいる。

「黒瀬さんから聞いたでしょ？　初めから好きだったのは私じゃなくて愛美のほうだって、ずっとイルブールで見てたんだって」

「う、うん」

「愛美も恋に奥手じゃない？　だからそんなふたりを応援したくなっちゃって、まぁ、確かに私にとっても都合がいいこともあったけど」

優香は、あはは、と笑ってあっけらかんとしている。そんな彼女を見ていたら、バレたらどうしようとうろたえているのは自分だけのような気がしてきた。

「お父さんのことは心配しないで、とにかくバレなきゃいいんだから」

「バレなきゃいい、って確かにそうかもしれないけれど……」

そううまくいくかな？

慎重派の私とは違い優香は楽観主義なところがある。そんな彼女の言葉に背中を押されて結果、うまくいくこともあるけれど、拭えない一抹の不安に私は居心地の悪さを覚える。

「本当に大丈夫かな……黒瀬さんとのこと、優香になんて言ったらいいかわからなくて迷ってたら『すべてを話したほうがいい』って言われて……あのね、黒瀬さんってすごく優しくて気が利いて——」

「あー、はいはい。惚気はいいから」

私の言葉を切ってパンパンと優香が手を叩く。

「の、惚気てなんかっ」

「お父さん、愛美だって気がつかなかったでしょ？」

親睦会で父と久しぶりに再会した。気づかれないように振る舞っていたけれど、やはり心のどこかで引っかかりを覚えていた。それを優香に直球で指摘されて言葉に詰まる。優香は私の反応でそのときの状況を理解したように弱り顔で小さく笑った。

「愛美に嫌な思いさせちゃったね。お父さんに気づかれたらそれはそれでまずいんだけど、愛美にとっては複雑だったよね」

「私は大丈夫だよ。お父さん、あんまり変わってなかった。会わない間にずいぶん年取ったねって、当たり前か……もう十年経つんだもんね」

笑ったときの目じりの皺、昔よりもさらに増えた白髪、親睦会で会ったときの父の姿を思い出して苦笑いする。

「愛美にあんな素敵な彼氏ができてちょっと安心したよ。だって、前に付き合ってた人から振られたときの愛美ってば、もうこの世の終わりみたいな顔してたもん、愛美の悲しい顔、もう見たくなかったし……話してくれてありがとう。それに、怒られるとしたら私のほうでしょ？」

「え？」

「だって、なにもかも最初から全部仕組まれてたことじゃない。黒瀬さんだって、最初から愛美だってわかってたわけだしさ、言い方は悪いけど私、利用したんだよ。愛美のことが気になってるっていう黒瀬さんの気持ちを」

優香は自嘲気味に笑って床に視線を落とす。けれど黒瀬さんが明かしてくれた真実により、彼女の気持ちを知ったら怒る気にもなれなかった。

「でも、これで一件落着っていうにはまだ早いよね。問題はお父さんか……」

「うん、そうだね」

優香が胸の前で腕を組んで、はぁとため息をつく。

確かに、私は黒瀬さんという素敵な人と繋がれた。優香だって恋人との関係を続けられる。しかし、いずれも父が知らない間だけだ。もしかしたら長くは続かない幸せなんじゃないかと思うと胸がざわついて仕方がなかった――。

第七章　妊娠発覚

「愛美ちゃん、なーんか今夜はやけに機嫌がいいみたいだな」

今夜はイルブールで演奏の日。いつものようにカウンター席に座ってモスコミュールを呷っていると、ニヤニヤ顔の叔父がカウンター越しに声をかけてきた。

「さては、男ができたな？」

叔父は本当に目敏い。

紆余曲折あって私と黒瀬さんは晴れて恋人同士になった。実際、私と黒瀬さんはうまくいっている。

親睦会の日以来、ドライブデートやディナーだけでも、とわざわざ仕事終わりに会社まで迎えに来てくれたこともある。会えば別々の家に帰るのが名残惜しくて結局近くのホテルでひと晩中一緒にいることもしばしばだ。

いつもなら、そんなことない！　とムキになって誤魔化そうとするところだけれど、黒瀬さんのことが頭に浮かんだら口元が自然と緩んだ。

「わかりやすい反応するね、可愛いやつめ」

叔父に茶化されて、いい加減気恥ずかしくなってきたそのとき。

「今夜もいい演奏だったな」

いきなり横から聞き覚えのある声がして振り向くと、笑顔の黒瀬さんが立っていた。

「く、黒瀬さん!?」

頭ではわかっているのにイルブールでは今まで遠くから眺めるだけの存在だったから、いきなり声をかけられるとやっぱりびっくりしてしまう。

「黒瀬？　黒瀬って……もしかしてパリメラの？」

目を丸くして驚きながら叔父がじっと黒瀬さんを見る。

「おいおい、パリメラの若社長といつの間にそんな仲になったんだ？　いやぁ、ちょくちょく見る顔だからもしかして……なんて思ってたんだよ」

「今、愛美さんと結婚を前提にお付き合いさせていただいている、パリメラホールディングス代表の黒瀬理玖と申します」

黒瀬さんの正体が明かされると、叔父がさらに驚きの表情で私と黒瀬さんに交互に視線を動かす。黒瀬さんから改めてそう言われると嬉しいようななんだか照れくさい。

「黒瀬さん、今までこのお店に何回も来てくれているのに、叔父さんったら今更気づくなんて……」

「まさかうちみたいな小さな店にパリメラの社長が来るなんて思わないだろ？　ってちょっと待て、今お付き合いしてるって言ったか？」

ずいっとカウンターに叔父が身を乗り出す。私は照れながらも小さくコクンと頷いた。すると色恋沙汰には興味がないと思っていた姪に、結婚を前提に付き合っている人がいると知ってか、叔父は緩んだ頬をカリカリと掻いて愛想笑いを浮かべた。

「ところで叔父さん、黒瀬さんのことどうして知ってるの？」

あんまり他人を気にしなさそうな叔父が、黒瀬さんを知っているなんて意外だった。

「飲食業やってて黒瀬さんの名前を知らない人はいないぞ？」

自分で言ったことを納得するように叔父がうんうんと頷く。

パリメラの社長が〝一代で大企業と呼ばれるくらい会社を成長させたやり手の若社長〟という情報は知っていた。けれどずっと憧れていた人がまさかその若手社長の黒瀬さんで、しかも優香の合見合い相手だったなんて思わなかった。

黒瀬さんは業界で有名人なのね。

「よし！　じゃあ、今夜は祝いだ！　飲んでくれ、俺の奢りだ。黒瀬さんも座って座って、乾杯だ」

急に叔父がパン！　と手を叩き、意気揚々と背を向けてもてなしのワインを棚から選び始めた。

こんなふうに喜んでくれるなんて。

綻ぶ叔父の顔を見ていたら、なんだか私まで嬉しくなってくる。

隣に座る黒瀬さんに少し照れ笑いを向けると、彼も優しく微笑んでくれた。

「照れてる君の顔、すごく可愛いな」

私だけに聞こえる声で黒瀬さんに囁かれてドキリとする。

デートのときはいつもの髪を結って眼鏡という地味な恰好じゃなく、優香に手ほどきされながらそれなりの身なりをしていく。けれど、まさか今夜ここで黒瀬さんと会うなんて思っていなかったから、ほとんど化粧もしていない。それでも彼は可愛いと言ってくれる。だからやっと〝小峰愛美〟を見てくれているんだという実感が湧いた。

「今夜は君のことを迎えに行こうと思って来たんだ。せっかく叔父さんが飲み物を用意してくれてるみたいだし、送りはうちの車でいいか？」

もちろん黒瀬さんが車かどうかそんな気遣いをするはずもなく、叔父はいそいそと自分が選んだワインのコルクを開けている。

「わざわざ迎えに来てくれたんですね、でも黒瀬さんも忙しいんじゃ……」

「愛美ちゃんは男心がわかってねぇなぁ、なるべくふたりきりでいたいから黒瀬さんもそう言ってくれてるんだろ？　ここは甘えとけって」

ニッと笑って叔父はカウンターに赤ワインが注がれたグラスを置いた。

「マスターの言う通りだな」

連日忙しそうにしている黒瀬さんだからどうしても遠慮がちになってしまうけれど、そう言われると身を委ねてしまおうという気になる。

「すみません、お願いします」

「これで叔父さんも安心ってもんだな。黒瀬さん、妙な虫がつかないようにちゃんとこの子のこと、よろしく頼みますよ」

叔父がホッとしたように肩を落とす。

「ええ、もちろんです」

そう言うと、黒瀬さんは誰にも気づかれないようにカウンターの下で私の手をそっと握った。


「今夜はお忙しいところ、ありがとうございました」

しばらくイルブールでゆっくりした後、黒瀬さんの専属運転手の男性が運転する車に乗って店を後にした。すでに店の前に停まっていた高級車を見てびっくりしたけれど、黒瀬さんは運転する間もないくらい仕事が立て込んでるとき、専属運転手に移動の運転を任せているらしい。

「いいんだ、本当は迎えついでに君と店で飲むつもりだったし、マスターが君の叔父さんだという話も聞いていたからね。いつか挨拶に行こうと思っていたんだ」

黒瀬さんのプライベートでも運転を任されるなんて、よほど信頼されているんだな。

彼と並んで座る後部座席からバックミラーをチラッと見る。まだ四十代くらいの細身の男性で車に乗ったときに『日野《ひの》と申します』と挨拶をされた。

「叔父もすごく喜んでいました。いつも奥手だ奥手だって言われていたから……こんな素敵な人が恋人だって知って安心したんじゃないでしょうか」

「奥手だと言う割には、そうやって照れることを直球で言ってくるな」

黒瀬さんが途端に恥ずかしげな表情をして、それを誤魔化そうと私の手をギュッと握ってきた。

「日野、行き先変更してくれ」

「かしこまりました」

え？　行き先変更って、どこに行くの？

急にそんなふうに言われたにもかかわらず、日野さんは戸惑うことなく了承する。

「このまま、君のアパートに送り届けるつもりだったけど、気が変わった」

黒瀬さんは目を瞬かせた私に、ニッと唇の端を押し上げて笑った。

急遽行き先を変更して連れてこられたのは、高級不動産の中心エリア青山《あおやま》だった。

車から降りて黒瀬さんが「ここだ」と足を止めたとき、私は思わずきょろきょろとあたりを見回した。周囲にはずらっと高層ビルが並んでいて、ホテルなのか判別のつかないうちに正面の建物に案内された。

「あの、ここって……」

「俺が住んでいるマンションだ」

そういえば、今まで彼のマンションに来たことはなかった。まだ正式に付き合い出したばかりだし、どんなところに住んでいるのか気にはなっていたけれど、ついに彼のプライベートに踏み入れた気がしてドキドキした。

まるでグランドホテルのような広いエントランスに出迎えられ、落ち着いたオレンジ色の照明に照らされたロビーは静まりかえっていた。壁には絵画などがかけられていて、一瞬美術館にでも迷い込んだ気分になった。

黒瀬さんが住んでいるという三十六階建てのマンションは、スポーツジムやスカイラウンジ、フロントコンシェルジュサービス等、生活のサポートが充実している夢のようなマンションだった。私が住んでいるアパートなんて二階建てで六部屋しかないというのに、この建物には一体どんな人がどれだけ暮らしているのだろう。まさか自分が生涯でこんな高級マンションに足を踏み入れる機会があるなんて予想もしていなかったから、黒瀬さんに促されるまま二十階にある彼の部屋にたどり着くまでカチコチのままだった。

「入って」

黒瀬さんに促されるまま玄関に入ると同時に人感センサーの照明がパッとつく。すると彼の向こうに室内の様子が広がり、私は無意識に目を見開いていた。玄関から延びる廊下を歩いてすぐの部屋はアイランドキッチンを備えた二十畳くらいのリビングダイニングで、ソファとテレビ、所々に黒瀬さんの趣味なのか観葉植物が置かれていて、中央にローテーブルがある。そして大きな窓からは星をちりばめたような夜景が見えた。

「どうした?」

あまりにも現実離れしていて呆然としていたら、黒瀬さんから声をかけられてハッとする。

「い、いえ、あの、この部屋のほかにも何室かあるんですか?」

「ベッドルームと客間だけど、今は仕事部屋として使ってる」

今まで黒瀬さんを身近に感じてたからか、なんの隔たりもなく接していたけれど、こんな高級マンションに住んでいることを知って改めて彼が大企業の社長であることを実感した。

アイランドキッチンに視線を向けると、一見まったく料理をしない人のキッチンに見えるほどそこは綺麗に片付けられていた。けれど奥の棚にはところ狭しとハーブやスパイスの瓶が並び、調理器具も取り揃えてあるところを見ると、彼が元々シェフだったと誰しもが納得するだろう。

「最近はめっきり忙しくて、なかなか自炊もできないけど……」

黒瀬さんが後ろから腕を回し優しく私の腰を抱く。その瞬間、彼の清々しい爽やかなフレグランスが香って、それだけでふにゃりと力が抜けるようだ。

「君と一緒に料理できたらいいなと思ってる」

「わ、私、実はそんなに料理得意じゃなくて……」

この状況にだんだん気恥ずかしくなってきてほんの少し身じろぎするも、逆に逃がさないと言わんばかりに彼の腕に力がこもる。

「なら、俺に手ほどきさせてくれ、色々と、な」

意味深な言葉と一緒に後ろからそっと顎をとられて上向かされると、唇がやんわりとした温もりに包まれる。

「んっ……」

初めての彼の家に心なしか緊張していたせいか、すっかり冷え切った指先にまで熱がじわりと伝わる。

唇を舐められ、緩んだそこに熱い舌が潜り込んでくる。しっかり背中を抱き寄せられ、私は彼の胸に凭れかかってキスを受け止めた。

黒瀬さんのキスは、身体の芯から蕩けさせる媚薬のようだ。抵抗するように舌を動かしてみても、すぐに黒瀬さんの分厚い舌に捕らわれ、甘く吸い上げられて全部呑み込まれていくような感覚になる。

「黒瀬さ、あ、はぁ」

カラスの行水のようなシャワーを浴び、身体を絡ませながらベッドルームへともつれ込んだ。たっぷりと水を含んだ肌が重なればしっとりとしてきて、互いの体温が溶け合っているようで心地いい。

ベッドサイドにあるスタンドライトの明かりがオレンジ色にぼうっと部屋に浮かんでいる。キングサイズのベッドに身体を沈ませ、黒瀬さんが私を見下ろす。

「綺麗だな……」

温かな彼の手のひらが私の頬を包み込む。

私のことをこんなふうに「綺麗」だなんて言ってくれる人はいなかった。だから嬉しくてつい鼻の奥がツンとしてしまう。

「愛美、君を誰にも渡したくない。俺と結婚して欲しい」

以前、黒瀬さんから結婚を前提とした付き合いを望んでいることを告げられた。そのままなあなあで恋人同士になったけれど、私の口からちゃんとした返事はまだしていなかった。けれど、いざ黒瀬さんから正式にこうしてプロポーズされたらうまく言葉が浮かんでこない。

「……はい」

やっぱりすでに熱で浮かされた頭では気の利いた言葉も言えない。だから彼に「YES」とだけ伝えたかった。すると眉尻を下げてホッと安堵したような表情して黒瀬さんが私にキスを掠めた。でも、私の中でまだぐずぐずと燻っていることがある。プロポーズを受けられたものの、越えなければならない〝父〟という壁だ。そんなふうに考えているとうっかり顔に出ていたのか、黒瀬さんが私を窺うように見つめた。

「小峰社長……父親のことが引っかかっているのか?」

彼に胸の内を見透かされてドキリとする。違います。と言って首を振りかけたれど、ここで誤魔化していても仕方がない。

「ええ、父はまだなにも知りません。それにいつまでも嘘をつき通せませんし、黒瀬さんが結婚するのは優香でなく私だと、本当のことを話してわかってもらいたいんです」

父との溝を埋めたい。そんな想いが彼に伝わったのか、黒瀬さんはしばらく考えるような表情をして、すぐに目元を和らげ頷いてくれた。

「俺だったらわかってもらえない親ならそれまでだ、と思ってしまうが……君はそれでも歩み寄りたいんだな？」

真意を問うような彼の瞳に見つめられ、私は深く頷いた。もし黒瀬さんが反対したとしても、ふたりの仲を父に認めてもらいたい想いは変わらない。

「どんなことがあっても、父はこの世にひとりしかいませんから、だからなおさらです」

「わかった。俺も君の気持ちに同感だ。だから全力で君をサポートする」

黒瀬さんの頼もしい言葉に今だったらなんでもできるような気がしてきた。自然と頬が緩み、「ありがとうございます」と感謝を口にすると彼が私の前髪をかき分け、その額に口づけた。

「愛美、愛してる」

プロポーズといい、彼の言葉に私は何度も射抜かれる。

「私も。愛してます」

そう答え終わるのと同時に噛みつくようなキスをされた。

「理玖さ、ん」

初めて呼ぶ彼の名前。自分で口にしておいて急に気恥ずかしくなる。重なる唇がずれると彼の熱い吐息が漏れて頬に触れた。それだけで身体の芯から疼いてきて内腿を無意識に擦り合わせる。

「すまない、今夜は優しくできないかもしれない」

しっかりと腰を抱き寄せられ、心臓が内側から激しく胸を叩き始めた。それから嵐のような快感の波に呑み込まれ、息も絶え絶えに理玖さんを見上げると彼は濡れた唇を弓なりにした。

「君にそんな目で見つめられるだけで、頭がおかしくなりそうになるな」

自分が一体どんな顔をしているかなんて考える余裕もないくらい、今にも途切れそうな意識の糸を手繰り寄せるのに必死だった。

互いに絶頂の階段を駆け上がると、理玖さんが短く唸ってがむしゃらに私を抱きしめてきた。

「あ……はぁ」

彼の腕の中で切れ切れの声を上げ、ゆっくりと身体を拘束する力が緩んでいくのがわかった。

ふたりの短い弾む息が部屋に響き、もう目を開けていることすら余力もない。すると不意に理玖さんがのしかかってきて、私は水を掻くようにのろのろと腕を伸ばし背中に回した。ずしりとした身体は汗ばんで、まだ大きく上下している。

彼を全身で受け止めることができて嬉しい。愛を注いでくれるのは私だけ。そう思うと人知れず優越感に浸る。「愛してる」を何度も囁き合って熱を交わし合い、互いの体温を通わせ、乱れた呼吸が整う頃には息遣いは静かな寝息にすり替わっていた。

理玖さんのマンションで過ごした時間はあっという間だった。夜が明け、一旦自分のアパートまで送り届けてもらいそのまま会社へ直行した。本音を言うと、ひと晩中目が冴えて微睡むどころか一睡もできなかった。けれどまだ気持ちが高ぶっていたおかげか、仕事中も眠たくなることもなかった。

今夜は早めに帰って少し寝ようかな。

今日もそつなく仕事をこなして帰宅すると、優香がひと足先に帰っていた。リビングから話声が聞こえてきて誰かと電話しているらしい。楽しげな雰囲気から相手はたぶん彼氏の川野さんだ。

たまには私のほうから理玖さんに電話してみようかな、はぁ、それにしても昨日の夜は――。

「なぁにニヤニヤしてるの？　あ、昨日の夜のこと思い出してたんでしょ？」

「ひゃっ⁉」

いきなり優香が私の顔を覗き込んできて、てっきり電話をしているものと思っていたから喉の奥から妙な声が飛び出た。

「も、もう、驚かさないでよ」

「別に驚かせたわけじゃないよ、何度も呼んでるのにぼーっとしてたのは愛美のほうじゃない」

川野さんとの電話はとっくに終わっていたらしく、呼ばれて気がつかないほど昨夜の余韻にどっぷり浸かってしまった自分が恥ずかしい。

私も優香も恋人と順風満帆、うまくいっている。このまま幸せな時間が続けばどんなにいいだろうと思う。

「あのさ、愛美、ちょっと話していいかな」

恋人との電話でさぞ気持ちが浮かれているだろうと思いきや、優香の表情が一変して硬いものに変わった。

「どうしたの？」

顔を曇らせ俯き加減に視線を落とし、しばらくしてから優香が重たい口を開いた。

「お父さんが親睦会のパーティー以来、逐一色んなことを聞いてくるの。なんだかやたら探りを入れてくるみたいで嫌になっちゃう」

「え？」

「それにね、最近誰かにつけられてる気がして……」

それを聞いてふと、自分がついこの間、イルブールのお客さんに後をつけられて怖い思いをした光景が頭を過った。

でも優香が後をつけられるなんて、一体誰に？

父が優香に色んなことを聞いてくるのは過保護だからいつものこと、と言えばさほど気にすることもないのかもしれない。けれど……なんだか嫌な予感がする。

まさか、お父さんに理玖さんと付き合ってるのが優香じゃないってバレた？　バレるとしてもどうやって？

次々と疑問が頭の中で巡る。けれど、今考えても仕方のないことだ。

「優香、とにかくお父さんの前では普通通りに、ね？　変に意識しちゃうと逆に怪しまれるから」

「うん、そうだよね。それに気のせいかもしれないし」

気を取り直して笑顔になる優香に、私も精いっぱいの笑みを返した。けれど、彼女の不安は私の胸にも小さなシミを落とした。


それから数週間後。

「え？　後をつけられている気配だって？」

来月から始まる新作ディナーの試食に招待された私は、今夜、理玖さんと一緒にパリメラに来ていた。ドキドキとまるで初デートのときみたいにいつだって胸が高鳴る。今日も一日頑張れたのは、仕事終わりに理玖さんと会える楽しみがあったからだ。けれど先日、優香から聞いた話がどうしても引っかかって、楽しい時間に水を差すのではないかと躊躇《ちゅうちょ》しつつも、彼に話を聞いてもらうことにした。

「はい。本人は気のせいかもとは言っているのですが、やっぱり心配で……」

あらかた食事を済ませてから話を切り出し、タイミングよく運ばれてきた食後のコーヒーがさざ波立つ心を落ち着かせてくれた。

「親睦会の後、か」

考え込むような表情で理玖さんがしばらく無言になる。せっかくの楽しいデートにやっぱりこんな話するんじゃなかった。気にしないで欲しい、と笑顔を作ろうとしたとき。

「実は、俺のところにも小峰社長からやたら電話がかかってくるようになったんだ。仕事の話ならまだしも、それと言って用もなさそうな感じの電話だから妙だとは思っていた」

父が用もないのに電話をする相手は優香くらいだ。そもそも昔から無意味なことをするような人じゃない。やっぱりなんか変だ。水面下で父がなにか動いているのだとしたら……。

「愛美？」

「あ、す、すみません。ぼーっとしちゃって」

いけない。せっかく理玖さんがデートのために時間を作ってくれたのに。

目の前のコーヒーをずっと見つめ続ける私を怪訝に思ったのか、理玖さんから声をかけられハッと我に返る。

「いや、俺のほうこそかえって不安にさせるようなこと言ってすまない。それにこんな話をした後で言いにくいんだが……」

理玖さんがコーヒーに口をつけ、一拍置いてから口を開く。

「来週から二週間の予定でイタリアに出張に行くことになった」

「イタリアに？」

「ああ、ローマにレストランを新店舗オープンさせるため、現地で大事な打ち合わせがあるんだ」

その打ち合わせのため、理玖さんは事前に色々準備していたに違いない。それなのに忙しい合間を縫って私と会ってくれていたのだと思うと、申し訳ない反面嬉しさが募る。

「おめでとうございます。すごいですね、ローマにお店を構えるなんて」

おめでたい話題に、今までの不穏な空気が一気に吹き飛ぶ。

来週か……二週間会えないのは少し寂しいけれど、理玖さんを応援したい。

「愛美、俺は正直心配だ。なにかあったらすぐに連絡してくれ」

あまりにも真剣な眼差しを向けてくるものだから、ついクスリと頬が緩む。

「ふふ、理玖さんってば、もう、うちの父みたいに過保護にならないでくださいね。私は大丈夫ですから安心して行ってきてください」

私もまだ不安な気持ちは完全に拭えないけれど彼に迷惑はかけられない。そんな想いでにこりと微笑むと彼も小さく笑った。

そして週が明け、理玖さんは『できるだけ毎日電話する』と言ってイタリアへ旅立った。

私は一日有休消化で休みを取り、朝から空港まで彼を見送って家に帰ってきた。せっかく休みを取ったし、まだ半日自由な時間が残っている。久々に出かけようかと思った矢先に、ずどんとした倦怠感に見舞われた。

はぁ、なんだか身体が怠いな……。

週が明けてもまだ疲れが残っているのだと思うと、出かける気分が変わって結局家でゆっくりすることにした。

今頃理玖さんなにしてるかな、お仕事頑張ってるかな。

イタリアの食事って美味しいのかな、理玖さんなに食べてるんだろ？

現地の女性って、綺麗な人多いよね……あぁだめだめ、余計なことは考えない。

彼がイタリアへ出張に行ってからというもの、毎日彼のことで頭がいっぱいだった。

優香には『たった二週間じゃない』なんて言われたけれど、私にとってはとてつもなく長い年月に思えてならなかった。

理玖さんがイタリアへ発ってから四日目。

「ねぇ、小峰さん、早退したほうがいいんじゃない？　なんだか具合が悪そうよ？」

自分ではそんなことないと思ってなんとか午後まで頑張っていたけれど、実は朝から絶不調でフラフラしていた。時折、胃から込み上げるものを感じてはトイレに駆け込んで、まったく仕事にも集中できない。

もしかして風邪引いたのかな？　会社の人にうつしたら大変だし、ここは大人しく先輩の言うことを聞いて帰ろう。

「すみません、そうさせてもらいます」

ここのところこんな調子で体調が思わしくない。仕事が忙しくてストレスを抱えるほどでもないし、ほかに具合が悪くなるような心当たりといえば……。

そういえば今月の生理、まだ来てない――。

まさかという思いがドクドクと鼓動を速め、私は急いで帰宅準備を始めた。

人生でこれを使う日がいつか来るのかとは思っていたけれど、それは突然訪れた。

私は会社から帰る途中で駅前のドラッグストアで妊娠検査薬を購入し、今、家のトイレでじっとそれを食い入るように見つめている。何度も説明書を読んで、あとは従うのみ。

「あ……」

それは思わず声が出るほど、あっさり検査結果が出た。

嘘……。

〝陽性〟を意味する棒線が窓にはっきり見えて私はしばらく動けず釘付けになった。

私、妊娠してるの？　理玖さんとの間に、赤ちゃんが……。

だから最近なんとなく身体が怠かったり、一日ムカムカ気持ち悪かったりしてたんだ。

体調不良の原因が妊娠だとわかりホッとするのと同時に、理玖さんの子どもを授かった喜びがじわじわと込み上げてきた。

愛する人との新しい命が宿る。こんな嬉しいことはない。

なかば夢見心地のままリビングのソファに腰を下ろし呆然としていたら、優香が帰ってきた。

「えっ、妊娠した⁉」

帰宅して早々、そのことを告げると、優香は驚いた弾みで手にしていた夕食の総菜をひっくり返したまま固まった。

「うん。でもまだ検査薬で陽性になっただけだから、明日産婦人科に行ってちゃんと調べてみる」

検査薬の精度はほぼ百パーセントと言われているけれど、フライングの可能性も否めない。

「愛美、おめでとう！」

「だからまだ早いって」

「うん、でもあまりにも愛美が幸せそうな顔してるから嬉しくなっちゃって」

え、私そんなに顔に出てる？

緩んだ頬を持ち上げるようにグイッと手をあてがう。

私と理玖さん赤ちゃんができたんですよ。

そう言ったら彼はどんな反応をするだろう。喜んでくれるかな、それとも……。

「黒瀬さんにもさっそく報告しないとだね。今ローマに出張してるんだっけ？」

「うん、大事な仕事だって言ってたから、ちゃんと帰国してから折を見て伝える」

「ふふ、そのほうがいいかもね。赤ちゃんできたなんて聞いたら仕事中断してすぐにでも帰国してきちゃいそうだし」

ローマに新しく新店舗を構えるための大事な出張だ。今すぐにでも電話して伝えたい気持ちを抑えて今は仕事に集中して頑張って欲しい。

それに帰国してからのサプライズになるかも。それはそれで楽しみだ。

そっとお腹に手をあてがい、理玖さんが喜ぶ姿を想像すると自然と笑みがこぼれた。

「妊娠五週目に入っていますね」

産婦人科での検査の結果。私はやはり妊娠していて、超音波エコーでも胎嚢が確認できた。本当に妊娠したのかと少し半信半疑だったけれど、エコーを見たら改めて赤ちゃんができたのだと実感した。もう私だけの身体じゃない。これから十月十日、なにがあってもお腹の赤ちゃんを守らなければならない。私の中で次第に母性が目覚めていくのがわかった。

役所で母子手帳を発行してもらい、マタニティーマークももらった。さっそくバッグにそれをつけると、なんだかこそばゆいような妙な気分になった。

会社も念のため三日休みをもらったし、これからのことも色々考えなきゃ。

帰宅して、静まりかえった部屋でひとりマタニティーマークのキーホルダーを手に眺める。

理玖さんとの子を妊娠したのはすごく嬉しい。でも、心のどこかでわだかまりとなっているものがある。

お父さんに今度こそ本当のことを言わないと……。

もしかしたら孫ができたって喜んでくれるかもしれない。これがきっかけで和解できるかもしれない。そんな淡い期待が過るけれど、やはり不安は拭えなかった。

『愛美？　大丈夫か？』

「え、あ、はい大丈夫です」

その日の夜。せっかく理玖さんが電話をくれたというのに、先ほどからなんだか気分が優れずぼーっとして胃もムカムカするし、彼の話もまともに頭に入ってこなかった。産婦人科の先生からは『妊娠六週目あたりから徐々につわりがひどくなって、試練の時期だからあまり無理をしないように』と言われた。私はまさにその時期に入ろうとしている。

『君がそんなふうに大丈夫って言うときは、たいてい大丈夫じゃないだろ？』

うぅ、理玖さん鋭い。

「本当に大丈夫です。昨日遅くまで優香と喋っていたから寝不足で」

私の咄嗟の誤魔化しに、理玖さんは『そうか』と言いつつもその声音には心配を滲ませていた。

『帰国したら、愛美を一番に抱きしめたい』

理玖さんの甘い声音が私を耳から蕩けさせる。彼の声を聞くだけで頬が緩むのはもう癖のようなものだ。

「私も、早く理玖さんに会いたいです」

本当は不安で不安で仕方がない。妊娠して次第に変わっていく自分の身体。父との確執。愛する人が傍にいない不安。様々なことが私の心にさざ波を立て、今にも泣きそうになるのをぐっと堪える。

「理玖さんもお仕事でお疲れでしょうから、ゆっくり休んでください」

だめだ、これ以上彼の声を聞いていたら声が震えてきてしまう。

理玖さんとずっと話していたい気持ちを抑え、まだ笑っていられるうちに私は彼との電話を終わらせた。

会いたいよ……。

妊娠すると精神的に不安定になり、いつもなら気に留めないような些細なことでも苛々したり泣きたくなったりするとネットで見た。だから自分のメンタルが弱いからとかじゃない。

自然と溢れてこぼれる涙を小指で拭い、理玖さんを想いながらそう言い聞かせた。


身体が重い。

お腹の赤ちゃんはまだそこまで成長していないはずだ。翌朝、胃から込み上げてくる不快感で目が覚めた。

「愛美?」

部屋のドアをノックする音でハッとしてスマホを手に取る。

いけない、会社……あ、そうだ、休みを取ったんだった。

いつもならもう仕事に行く時間で一瞬ヒヤッとしたけれど、体調を整えるために有休を使っていたことを思い出してホッとする。

「愛美、大丈夫なの? 入るよ?」

返事がないことを心配した優香がそっと部屋に入ってくる。出社前に様子を見に来てくれたようだ。

「うん、平気。ちょっと気持ち悪さはあるけどね」

「やっぱり私、今日、会社休んで一日一緒にいようか？　顔色も悪いし、本当に大丈夫？」

起きたばかりだから低血圧になっているのかもしれないし、しばらくすれば気分も落ち着くだろう。それにわざわざ会社を休んでまでサポートしてもらわなくてもきっと大丈夫だ。

「ありがとう、でも本当に大丈夫だから」

「愛美の言う大丈夫はたいてい大丈夫じゃないでしょ？」

そういえば同じようなこと理玖さんにも言われたな……そんなに信用ないかなぁ。

「いきなり会社を休んで仕事に穴開けるわけにもいかないでしょ？　平気だから」

「愛美がそう言うなら……。じゃあ後で電話するね、なにか買ってきて欲しいものがあったら言ってよ？」

まだ納得のいかないような顔を残し、優香は会社へ出かけていった。

うぅ、気持ち悪い。

「大丈夫」とは言ったものの、やはりつわりの吐き気で午前中から頻繁にトイレへ駆け込む一日で、昼過ぎぐらいにはソファでぐったりになっていた。

はぁ、いつになったら落ち着くんだろ……こんなんじゃ、会社にも行けないよ。

げんなりしていたそのときだった。

宅配便以外、滅多に鳴らないインターホンが鳴り凭れていた身体を起こす。

誰だろ？

私には思い当たる節がなかった。優香がなにかネットショッピングでもしたのだろう。

のろのろと玄関のドアを開けると、飛び込んできた目の前に立つ人物に私は息を呑んだ。

「お、とうさん……」

白髪交じりの髪を後ろに撫でつけ、社長らしくものがよさそうな紺のジャケットを羽織っている。そして不機嫌とも取れるその表情に一切の笑顔はなかった。

「愛美だな？」

親睦会のときは私が愛美だと気づかなかったのに。

そう思うと今更な話で滑稽に思えてくる。私は父の問いに静かに頷くと、とりあえず部屋の中へ入ってもらうことにした。

第八章　一緒に暮らそう

「これから仕事があるから、長居するつもりはない」

他人行儀に言われ気持ちが冷める。あまりにも唐突な父の来訪に、先ほどまでのつわりの不快感も一気に吹っ飛んだ。父は育ちがいいのか昔から所作は上品で、荒立ったりしない。歩き方も足音も立てずに優雅に歩く父だったが、相当腹に据えかねているようでドスッと乱暴にソファに腰を下ろした。

「単刀直入に言おう、親睦会に来ていたのは優香ではなく、愛美、お前だな？」

なんの前置きもなく直球をぶつけられ、ただゴクリと喉を鳴らすことしかできず言葉に詰まる。

「違うよ、お父さん、そんなわけないじゃない」と笑って誤魔化せるような雰囲気でもなく、じっと私を見据える父の視線に耐えかねて、私は小さくコクンと頷いた。

「はぁ、やっぱりな……」

床にまで届きそうな深い深いため息に罪悪感が込み上げてくる。それと同時にどうしてわかったのか？　という疑念も湧いた。

「親睦会でお前は耳朶を執拗にいじっていただろう？　それを見てなんとなく違和感があったんだ。愛美は昔から緊張するとその癖が出るからな」

お父さん、覚えてたんだ……。

私のすべてを忘れていたわけじゃなかった。ちゃんと覚えていてくれたところもある。父がほんのわずかに頬を緩めた気がして不思議と嬉しいと感じたけれど、結局それが仇となってしまった。

泳がせた視線を父に戻すと、ここへ来たときと同じ重く堅苦しい顔になっていて、一瞬、和らげたと感じた表情も気のせいだったのかとがっかりする。

「自分の娘を疑うなど父親らしからぬことだと一度は流そうとしたが、親睦会以来どうも気になってな、探偵を雇って優香と愛美の身辺調査を依頼した」

「え、探偵……」

「これを見てくれ」

父がローテーブルに数枚の用紙を放り投げるように置く。嫌な予感がして「これは？」と目で訴えるも、「いいから黙って目を通せ」と言わんばかりに顎でしゃくられる。用紙を手に取って目を落とすと、頭を殴られたかのような衝撃が走った。瞬きをすることも忘れて自分の周りだけ時が止まったかのような感覚に呼吸も止まりそうだった。

何度も何度もゴクリと喉を鳴らし、用紙を取る手が小刻みに震え出す。父は私の反応を無言で見据え、「やはり間違いはないな」というような表情を浮かべた。

調査結果に添付されていた写真には優香が川野さんと腕を組んで歩きながらショッピングを楽しんでいる仲睦まじい姿が写っていた。そしてもう一枚の写真は私と理玖さんがデートしている様子のもの。

やだ……なにこれ、隠し撮りされてた？

じりじりと崖っぷちへ追いやられていくみたいで今にも背中から汗が滴りそうだ。

「私はこの川野とかいう男との交際を認めてはいない。まったく、優香も勝手なことをするものだ」

一瞬、「川野さんと会っているのは優香じゃなくて私です」なんて苦し紛れの言い訳を思いついたけれど、父は優香の恋人である川野さんのことも顔も知っているようだ。

憤りを滲ませた父の表情にもう私はなにも言えなくなってしまった。証拠も押さえられてはぐうの音も出ない。

どうしよう……。

ここはもう正直になにもかも話すべきなのかもしれない。タイミングを見計らって、なんてもうそんな悠長なことは言っていられなさそうだ。

「愛美、黙っていないでなんとか言ったらどうなんだ」

鋭い視線を向けられて、私はぐっと拳を握りしめた。

「お父さん、私、黒瀬理玖さんと結婚を前提にお付き合いしているの。それにね……彼の子どもも妊娠してる」

「なっ……」

弾かれたように眉を跳ね上げ、それを聞いた瞬間、父は信じられないといったふうに目を見開いた。

「この間、病院に行って検査してもらったら五週目って言われて、それで――」

「妊娠しただと？　ふざけるんじゃない！」

今まで聞いたこともない地の底から這い出るような低い声に、私は短く息を呑む。

「まったく、馬鹿なことを……」

そう言って父は額に手をあてがいながら俯いた。そんな姿に心がナイフで刺されたような感覚になる。

私との間に確執はあるものの、初孫ができたと聞いたら意外に喜んでくれるかもしれない。そんな期待が心のどこかにあったのだろう。けれど父は喜ぶどころか呆れと失望を滲ませたように深くため息をついた。父の反応は私の淡い期待とは正反対だった。ほんのわずかな希望を抱いていただけで、こんなにもショックが大きいなんて想像もしていなかった。

そんなはずないか……。

ガクリと肩を落とし、私までため息が出た。

「母親そっくりだ」

「え？」

俯きながら父がぼそりと呟く。

「人のものを横取りして、お前はよそで男を作った母親と同じことをしてるじゃないか」

「そんな……」

確かに母は寂しいからといって浮気をするような人だった。けれどそれと一緒にするなんてあんまりだ。

「ひどい」

一気に目頭が熱くなってこぼれそうになる涙をぐっと乱暴に拭う。私は両親の前で滅多に泣いたりしなかった。優香はしょっちゅうワンワン泣いていたけれど、だから か父は私の涙に一瞬怯むように小さく咳払いをした。

「とにかく、黒瀬君とは別れなさい。分不相応だ」

〝分不相応〟その言葉が重くのしかかる。偶然彼と出会って、愛していると言っても らえて、果たして自分はそんな理玖さんに似つかわしい女性なのか、自分よりももっ と良家のお嬢様のほうがいいのでは……。一度もそんなふうに思わなかったと言えば 嘘になる。

馬鹿、なに考えてるのよ。理玖さんのことちゃんと信じなきゃ、そんな弱気なこと でどうするの。

「なにを言われようと理玖さんと別れる気はないし、彼を好きな気持ちも変わらな い」

今にも震え出しそうな声を押し殺して精いっぱい強気に言い放つと、父は眉間にざ っくり皺を作り唇を歪めた。そして、また深々とため息をつき、スッとソファから立 ち上がった。

「お父さ――」

玄関に向かおうとする父の背中になぜか呼び止めるような声が出た。これ以上できるような会話はないのはわかっているのに。

「まったく、頑固な性格は昔から変わらんな」

父は背を向けたままそう言うと、部屋から出ていった。

はぁ、なんか疲れた。クラクラする……。

父が部屋に滞在していたのはほんの数十分だったけれど、もう何時間も経ったかのような感覚にどっと疲労が押し寄せた。窓の外を見てみると、もう日も暮れている。

『人のものを横取りして、お前はよそで男を作った母親と同じことをしてるじゃないか』

父からあんなふうに言われるなんて思ってもみなかった。完全に他人扱いされ、ショックと悲しみがふつふつと湧いてきた。

「うっ……」

気持ちをなんとか入れ替えようとしたそのときだった。突然の吐き気に襲われ、咄嗟に口元を押さえてトイレに駆け込む。

辛い。苦しい。逃げ出したい。

そんな思いに押しつぶされそうだ。しばらくうずくまってトイレにこもっていたらなんとか持ちこたえることができた。そして、よろよろしながらリビングへ行こうと歩き出す。

やっぱりだめだ、倒れそう。

立ち上がったせいか急に視界がチカチカしだし、真っ暗になりそうになるのを感じてサッとその場にしゃがんだ。意識が飛んで倒れたりなんかしたらお腹の赤ちゃんにも影響が出る。

理玖さん……。

壁に凭れて虚ろな目を天井に向ける。今頃、理玖さんはどうしているだろう。こんなことじゃだめだ。ママになるんだから、しっかりしなきゃ。

ぼうっと混濁する頭の中でそんなふうに思っていると、遠くで私の名前を呼ぶ声が微かに聞こえた。

「な、み……愛美」

誰？　もしかして理玖さん？　でもどうして？　ローマにいるんじゃ……。

「愛美！」

今にも途切れそうな意識を揺さぶるように、鼓膜に飛び込んできた声にハッとなる。

「しっかりして！　大丈夫？」

「優香？」

優香が帰宅したのにも気がつかないくらい、私はここでフラフラしていたようだ。

「どうしたの？　顔が真っ青よ」

たぶん貧血だ。ここのところつわりがひどく、父のことでも悩み尽きなかった。いつの間にか食欲もなくなって、お腹の中で成長する赤ちゃんに体力が追いついていかなくなっていたのだ。

「うん、平気。大丈夫」

「もう、そんな顔色でよく平気なんて言えるよ。朝も調子悪そうにしてたから、心配で何度も電話したのに連絡つかないし」

優香が両手を腰にあてがい、呆れ顔ではぁと息をつく。

そういえば、今日一回もスマホ見てなかった。

「とにかく病院に行こう。お腹の赤ちゃんにもなにかあったら大変だから」

「そうだね、えっと、確かスマホの中にタクシーの番号が……」

「大丈夫、アパートの下で健太さんが待っててくれているから、愛美は楽にして座ってて」

え？　川野さんが？　それに優香ってこんなに頼もしかったっけ？

いつもはトラブルが起きると、ひとりで解決できなくてどうしようどうしようと泣きついていたのに、テキパキと私の代わりに病院へ行く準備をしてくれている。

もしかしたら仕事をする優香ってこんな感じなのかな……。

「優香、ありがとう」

私は情けなく思いながらも優香に支えられ、川野さんの待つ車に乗り込んだ。


やはり私は極度の貧血状態だったらしく点滴治療を受けた後、医者から『お腹の赤ちゃんのことも考えてね』と釘を刺された。

優香に余計な心配をかけたくなくて父がうちに来たことは黙っていようと思ったけれど、車の中で優香のほうから『お父さん、うちに来たでしょ？』と問いただされた。

どうやら父は『愛美のところへ話を聞きに行った』と彼女に連絡したようだ。眉間に皺を寄せ、への字口に歪めた優香のムスッとした表情から、きっと父と大喧嘩したに違いない。

お腹の子も無事だったし、点滴が終わったら帰るつもりだったけれど今日は個室病床の空きがあるらしく一日入院して様子を見ることになった。

ベッドに横たわり、ブラインドの隙間から見える外は暗い。点滴を受けている途中で寝てしまったようで、気がつくと一緒にいたはずの優香の姿はなかった。代わりに

〝よく寝てるみたいだから、一旦帰るね。明日、迎えに行く〟というメモ書きが残されていた。

なにからなにまでお世話になっちゃったなぁ、帰ったらちゃんとお礼しないと。

私は理玖さんに想いを馳せながら、もう一度目を閉じた。


翌朝。

検査の結果、特に異常もなく『とにかく栄養をつけなさい』と言われて退院の許可が下りた。たった一日の入院だったから大した荷物もなく、忘れ物がないかチェックする。

優香、迎えに来るなんて言ってたけど今日は平日で仕事だってあるし……やっぱりひとりで大丈夫って連絡しよう。

バッグからスマホを取り出そうとしたそのとき。部屋のドアをノックする音が背後からして、連絡する前に優香が来たのだと思った。

「優香？　ごめんね、今電話しようと――」

「愛美」

「え……」

ゆったりとした聞き覚えのある低い声に名前を呼ばれ、私は弾かれるように振り向いた。

「理、玖……さん？」

ローマにいるはずの理玖さんがどうしてここにいるの？

本当に理玖さんなのか信じられない気持ちで唖然としていると、彼は私の傍まで歩み寄るなりギュッと抱きしめた。

「妹さんから話は全部聞いた。君のお父様がアパートへ来たことも、愛美が俺の子を妊娠していることも」

そっと身体が離れ、理玖さんが澄んだ瞳で私を覗き込む。彼の視線に今まで耐えてきた不安が一気に安堵に変わり、それが怒涛の如く押し寄せた。

〝会いたかった〟そう言おうとしたけれどもう声が震えて言葉にならない。目の前に理玖さんがいるだけで十分だ。

昨日、私が病院で検査を受けているときに優香が理玖さんになにもかも連絡してくれたらしい。理玖さんも先日からなんとなく私の様子がおかしいことに気づいていて、仕事を早めに切り上げて帰国しようとしている矢先だったようだ。

「ごめん、君が辛いときに傍にいてやれなくて……」

今にもこぼれそうな涙を理玖さんが親指で優しく拭う。

「退院する時間に間に合ってよかった。実はさっき日本に帰国したばかりで、迎えの車で直接ここに来たんだ」

理玖さん、もしかして全然寝てないんじゃ……私のために。

そう思うと嬉しいやら申し訳ないやらでますます目頭が熱くなる。

「俺が間に合ったら妹さんはここへは来ずに会社へ行くと言っていた」

「なにからなにまでありがとうございます」

それを聞いてホッとした。優香には昨日から迷惑をかけっぱなしだ。

「理玖さん、お腹の赤ちゃん、五週目に入ってるって先日産婦人科の先生に言われました」

私はお腹を優しくさすり、心の中で〝パパよ〟と理玖さんを紹介した。

「そうか、もう絶対無理をしないって誓ってくれ。栄養不足だと聞いたがなんなら俺が毎日君の健康を考えて食事を作ろう。栄養バランスが整っていないと――」

「ふふ、そんなに心配しなくてももう大丈夫ですよ。私も今回のことでしっかり自覚しましたから」

私を心配してくれる気持ちは嬉しい。だけど今は、ずっと抱きしめていて欲しい。

そんな想いで私のほうから腕を伸ばし、彼の背中を引き寄せた。

「愛美……」

私の気持ちに応えるように、理玖さんが私を胸に抱きすくめた。

「君のこともお腹の子どものことも、俺が全力で守る。本当、最高に嬉しいよ」

理玖さんの言葉の語尾が震えている。喜んでくれているのだ。そう思うと私も感極まって鼻がツンとする。

きっと理玖さんと一緒なら、どんな困難も乗り越えていける。そんな気がした。

私の額に理玖さんの唇が落とされる。その心地よい柔らかな感覚に私はそっと目を閉じた。


後日。

「え？　健太さんと一緒にパリメラに招待したいって？　黒瀬さんがそう言ったの？」

私は妊娠していることを会社に連絡を入れ、しばらく休暇を取ることになった。仕事のことは気になるけれど、有休を取って身体をゆっくり休めるようにと理玖さんにも勧められた。

「私がこうしていられるのは優香があの日、病院へ連れていってくれたおかげよ。川野さんにも私からお礼がしたいの」

父が突然アパートに来たあの日、優香は私と連絡がつかないことに嫌な予感がして早退するべく仕事を早めに切り上げたらしい。けれど駅に着いた途端、人身事故で電車が来ず急遽、恋人である川野さんが車を出して送り届けてくれたそうだ。

「そんなに気を遣わなくてもいいのに、でもありがとう。健太さんに予定を聞いてみる。きっと喜ぶと思う」

優香は会社帰りに買ってきたスイカにかぶりつき、その提案を聞くとにこりとした。

「それに健太さん、実は黒瀬さんの大ファンなのよ。何度もパリメラグループの提携会社として契約取りたくてコンペに参加してるけど、なかなか採用してもらえなくて、今回のコンペだって……」

そう言いかけた途端、優香がハッとしたように口元を押さえる。

今回のコンペ？　なんの話？

「優香、今回のコンペって？」

「う、ううん、こっちの話。気にしないで、私シャワー浴びてくる」

なんとなく誤魔化して逃げるように優香がバスルームへ入っていくのを、私は首を傾げたまま見つめた。

そして招待日当日。

理玖さんは当日、夕方まで会議が入っていて直接レストランで待ち合わせすることになった。予約の時間は十九時。

優香たちとも現地で待っているというメッセージが先ほどスマホに届いた。私はフォーマルすぎず、カジュアルすぎない淡い水色のワンピースを着て髪型も巻き髪を少し結い上げてビジューの飾りがきらりと光っている。

はぁ、着いた。時間通り。

レストランのエントランスで深呼吸する。本店のリストランテ・パリメラは白い外観でいつ見ても上品な佇まい。前回来たときと同様、またまた緊張してしまう。

そうだ、先にお手洗いに行っておこう。

店内に入り、大理石の廊下を歩いて奥にある化粧室の扉を開けようとしたとき。

「きゃっ」

いきなり先に扉が開いて驚く。

「……梨花、さん？」

なんかデジャヴなんですけど。

初めてこの店に来たときもまったく同じようなことがあったのを思い出す。梨花さんと会うのは懇親会以来だけど、相変わらず綺麗な人だと見惚れてしまう。

「あら、お久しぶりね」

「え、ええ」

「私、あなたにずっと謝りたかったの。懇親会の日、私なんか余計なことを言ってしまったみたいね」

梨花さんがしゅんと眉尻を下げる。

懇親会のとき、まだ私は優香を演じていてそれを理玖さんの目の前で愛美だと梨花さんによって暴露されてしまったのだ。今思うと、遠い昔のような出来事に思えるけれど、梨花さんだってそんなこちらの事情なんて知る由もないし、彼女が悪いわけじゃないのはわかっている。わかっているけれど、どことなく梨花さんから放たれている私への嫌悪のオーラに、居心地の悪さを感じてしまう。

「いえ、気にしないでください」

「それで？　あなたは結局理玖のなんなのかしら？　懇親会に理玖とふたりでいたってことは、ただのお友達じゃなさそうなんだけど？」

眉尻を下げて弱り顔をしていたかと思えば、梨花さんが急に鋭い視線を向けてきてドキリとする。

今度こそ本当のことを言わなきゃ。

以前、イルブールで梨花さんと話したときは理玖さんとの関係を否定するようなことを言ってしまった。けれど今は状況が違う、彼の子を妊娠しているのだと言う事実が私を後押しする。

「私――」

「理玖さんと婚約していて、彼の子を妊娠しているんです」そう言おうと口を開いたそのときだった。

「ああ、ここにいたのか」

後ろから聞き覚えのある声がしてハッとなる。振り返ると今、レストランに到着したスーツ姿の理玖さんが足早に歩み寄ってきた。

「梨花、なんでここにいるんだ。今夜の店内演奏は別のピアニストに依頼してあったはずなんだが？」

普段は穏やかな理玖さんだったけれど、珍しく眉間に皺を寄せ明らかに不愉快そうな顔を梨花さんに向けた。〝私のことをからかい、傷つけた女性〟と認識しているようだ。だから今夜は梨花さんではなく敢えて別の演奏者に依頼してあったのだろう。

それでも梨花さんは物怖じせずに平然としている。

「ふふ、今夜は理玖の〝大事なお客様が来る〟って聞いたから代わってもらったのよ、私のピアノでおもてなししてあげなきゃと思って」

梨花さんがふっと目を細めて私にちらりと見た。意味ありげに彼女が言っている大事なお客様というのは優香たちのことではなく、きっと私のことだ。もてなすつもりのようだけれど嫌な感じしかしない。

「先日、俺が事務所で演奏者の依頼の話をしているのを聞いてたんだな?」

理玖さんが呆れたように鼻を鳴らす。

「そうやって勝手にシフトを変更されると困ると言ったはずだ。ほかの演奏者からも文句がきているの知ってるだろう? だいたい――」

ふたりのやりとりにきょとんとしている私に気がついて、我に返った理玖さんが口を閉じ軽く咳払いする。

「それじゃあ、失礼するわね。楽しい時間を」

梨花さんは優雅に手を振ってその場を後にした。

「すまない、みっともないところを見せてしまったな」

理玖さんはバツが悪そうに人差し指で頬を掻いて、はぁと小さくため息をついた。

「彼女の気ままな性格にはほとほと困ってるんだ。なにか言われたか？」

「いいえ、大したことは……でも、梨花さんのピアノはいつ聴いても素敵ですし、私は嬉しいです」

「君は優しいんだな。俺も今仕事が片付いたところなんだ、時間に間に合ってよかった」

理玖さんは腕時計で時間を確認する。

時刻は十九時。もう優香も川野さんも店に来ている頃だ。

「今夜の君、すごく綺麗だ」

歩き出そうとしたとき、理玖さんがそっと私の耳元でそう囁いた。改めて言われると気恥ずかしくて照れてしまう。

「理玖さんも素敵ですよ」

「ありがとう。でも、いつもの仕事の恰好だぞ？」

そう言いながらもグレーのスーツに爽やかなライトブルーのネクタイがパリッと決まっている。いつ見ても彼は本当に素敵で、自分の婚約者であることが信じられないくらいだ。

「さ、行こうか。ゆったりと食事ができるように個室を用意してあるんだ。おそらく妹さんたちもそこに通されているはずだ」

「ふふ、楽しみです」

パリメラの個室は煌びやかなシャンデリアが天井に吊されていて、吹き抜けになっているためホールからは梨花さんのピアノ演奏が優雅に聴こえてくる。壁には高そうな絵画がかけられていて、一般客の席とは明らかにグレードが違う高貴な雰囲気のある空間だった。

勝手に梨花さんが〝大事なお客様が来る〟とかこつけてシフトを変更したのは、きっと今夜理玖さんに会うための口実を作るためだ。

以前、ＳＮＳで拡散されていた画像では梨花さんには親密な男性がすでにいるように思えたけれど、理玖さんにも気があるようなそぶりを見せられるとどうしても気になってしまう。

「あ、黒瀬さん、愛美、お先しています」

部屋に入るとすでに優香と川野さんが座っていて、にこりと笑う隣でガチガチに緊張している川野さんの姿があった。

「あ、あの！　今夜はお招きいただき、そのっ、あ、ありがとうございます！」

川野さんがすくっと椅子から立ち上がり、理玖さんにペコリと頭を下げる。

「もう、健太さん緊張しすぎ！　黒瀬さん、お久しぶりです」

優香も椅子から立って会釈する。

「お忙しいところ、ご来店ありがとうございます」

理玖さんは思わずため息が出るほどの紳士的な笑顔を浮かべつつ、私の椅子を引いてエスコートすることも忘れない。

「黒瀬さんからレストランに招待していただいたって優香から聞いて、本当に光栄です」

川野さんはまだ緊張が解けないようで身体を強張らせながら笑った。

「もう、そうだよって何度も言ってるのに、健太さんってば冗談言ってるって信じてくれなくて」

いきなりパリメラの社長直々にご招待されたなんて言われたら、私だって同じこと思うよ……。

こういう場に慣れている優香とは違い、川野さんはいまだにそわそわしている。

「川野君、優香さん、まずはお礼を言わせてくれないか、愛美を病院へ連れて行ってくれてありがとう」

「そ、そんな、僕はなにも……」

川野さんが大げさに首を振って謙遜する。

「もっと早くお礼を言うべきだったんだが……だから、今夜は存分に楽しんでいって欲しい。まずは乾杯だな」

するとタイミングよく店のスタッフが来て赤ワインをそれぞれのグラスに注いでいった。私はもちろんソフトドリンクだ。

「黒瀬さんと愛美の婚約、そして赤ちゃんに」

改めてそう言われるとなんだかこそばゆい。優香がニコニコしながらグラスを掲げると、カチンと合わさるいい音が部屋に響いた。

しばらく他愛のない話をしていると、新鮮なトマトにモッツァレラチーズとバジルが添えられた、前菜のカプレーゼが運ばれてくる。

「川野君、ひとつ聞きたいことがあるんだが……」

理玖さんがカトラリーを手元に置き、改まったように口を開く。その様子に優香も川野さんも彼に視線を向けた。

「愛美を病院に連れて行ってくれたあの日、本当はうちのグループ系列で行われた新商品コンペの予定だったんだろう？　秘書から君の会社が不参加だったと報告を受けている」

え、コンペ？

――何度もパリメラグループの提携会社として契約取りたくてコンペに参加してるけど、なかなか採用してもらえなくて、今回のコンペだって……。

先日、優香が言いかけていた言葉がふと思い出される。

まさか、私のせいで……。

「川野さん、もしかして私を病院へ連れて行ったからコンペに参加できなかったんじゃ……？」

私に気を遣わせてしまうと思ってずっと優香も黙っていたんだ。考えてみたら、あの日は平日だったし川野さんだって仕事中だったはずだ。

「いいんです、チャンスはまたありますから、それに俺自身が代表やってる会社なんである程度時間も融通利くし」

川野さんは、あはは、と笑いながらカプレーゼを口に放った。彼の会社はまだ立ち上がったばかりで、一生懸命仕事の繋がりを作ろうと日々努力しているという話は優香からよく聞かされていた。それなのにパリメラグループのような大手と取り引きできるチャンスを私が台無しにしてしまったのだ。そう思うと申し訳なさがひしひしと募る。

「そこで考え……というか、頼まれて欲しいことがあるんだが」

「頼み、ですか？」

理玖さんの意外な申し出に一同全員目を瞬かせる。

「ああ、リストランテ・パリメラの秋冬メニューが先日決定になってね、それを宣伝するために提供会社との契約コンペが来月予定されてるんだ」

「あ、そのコンペの話、うちの会社も参加予定になってます。父がそう言ってました」

優香がナプキンで口を拭って言うと黒瀬さんが静かに頷いた。

パリメラは大手企業だ。広告代理店なら「是非ともうちで！」とこぞって参加するだろう。だから父の会社も参加するというのも納得だ。

「今回は指名ではなく、競合という形をとってるんだ。けど、あまり大勢の企業の中から選出する時間がなくて、十社限定で行うことになっている。残念ながらすでにその十社はもう決まっているんだが……」

理玖さんの言葉に全員手を止めて彼を注目する。なにを言うのかとドキドキしてしまう。

「是非、川野君の会社にも参加してもらいたいと思っているんだ。いきなりで申し訳ない……どうかな？」

「えっ⁉」

川野さんと優香が身を乗り出し、声を大にして驚いた。

こういうビジネスの話はよくわからないけれど、すでに十社に絞られているのなら、おそらくパリメラに集う広告代理店は父の会社同様に大手企業ばかりだろう。けれど川野さんの会社はまだまだ成長途中の中小企業。そんな競合企業が肩を並べる中に入ってプレゼンだなんて……と、私はちらりと川野さんを見た。彼は理玖さんのまさかの申し出に目を点にして放心していた。

けど考え方を変えれば、これは川野さんの会社にとって大きなチャンスだよね？

「真鯛と季節野菜のグリル、バルサミコ風味でございます」

そのとき、メイン料理は運ばれてきてハッとする。緊張と戸惑いで強張っている川野さんと違い、優香は目を輝かせてメインのプレートを見ている。

「あの、黒瀬さん」

しばらくすると、川野さんが少し俯き加減で口を開いた。

「もし、そのコンペに参加できるなら本当に嬉しいです。嬉しいんですけど……うちの会社なんてまだまだだし、それに参加企業が決まっているのにうちが追加で参加だなんて他社さんにご迷惑なんじゃ……」

「参加企業が急に減ったり増えたりするのは、別に珍しいことじゃない。川野君の会社のプレゼンが採用されるとは約束できないけど、これはいい機会だと思う」

「はい……」

川野さんはなんとなく煮え切らない反応だ。彼が言うようにほかの企業のことが気がかりなのかと思ったけれど、やはり父の会社も参加するとなると、優香の恋人としていいところを見せなければという個人的なプレッシャーもあるのかもしれない。

「もう健太さんってば、自信持って！　黒瀬さんがせっかくそう言ってくれてるんだから、やってみなくちゃわからないじゃない」

「あはは、優香さんは川野君のいい理解者のようだな」

理玖さんは笑ってワインに口をつけると、優香がかけた発破で川野さんの表情がほんの少し和らいだ気がした。

「ほかの企業のことは考えなくていいんだ。君の会社のことをほかがどう言おうが、決定権は俺にある。それに、今回は媒体をＷＥＢ広告や雑誌を中心に宣伝していこうと思っている。ＷＥＢ広告に関しては、君の得意分野だったろう？」

「え？」

川野さんが意外そうな顔で理玖さんを見た。

「川野君の会社にとって、少しは有利なんじゃないかと俺は思っている」

理玖さんが自分の会社の特徴を把握してくれている。それを知ってか、川野さんはパッと顔を明るくさせた。

「はい！　是非、頑張らせてください。僕に、こんな滅多とないチャンスを……ありがとうございます！」

川野さんが椅子から立ち上がって理玖さんに頭を下げると、勢い余って椅子が後ろへバターン！　とひっくり返った。

「も〜、健太さんてばなにしてるのよぅ、ああ、すみません」

「あ、す、すみません！」

椅子を起こし、座り直しながら川野さんと優香が理玖さんにペコペコしている。

なんだかんだいって、優香と川野さんお似合いだね。

そんなふたりが微笑ましくてほのぼのする。

「よし、そうと決まれば川野君の健闘を祈ってもう一回乾杯するか」

理玖さんがスタッフに合図すると今度はシャンパンが注がれる。そして、話は尽きることなく食事会の夜は更けていった。

「黒瀬さん、今夜はお忙しい中、お招きいただきありがとうございました。お料理、とっても美味しかったです」

店から出るとすでにタクシーが停まっていて理玖さんが気を利かせて優香と川野さんのために配車してくれてありがとう。

「こちらこそ、楽しい時間が過ごせた。川野君、コンペの話、受けてくれてありがとう。期待している」

「いえ、もう今から会社に戻って資料作りしたいくらいです。けど今夜は少し飲みすぎたみたいで……」

あはは、と川野さんは笑って黒瀬さんと握手を交わした。

「優香、コンペ頑張るよ。黒瀬さんがくれたチャンスだ。それで、もし、もしもうまくいったら……、あ、いや、この話は今じゃないな」

「健太さん？」

優香が言葉を濁す川野さんに怪訝な顔を向けると、川野さんは顔を赤くして頭をカリカリと掻いて、なんでもないと首を振った。

「タクシーが待ってる、行こうか」

「う、うん」

川野さんが優香の手を引いてタクシーに乗り込むとタクシーはその場を後にした。

「川野さん、もしもうまくいったらって、なにか言いかけてましたね」

タクシーが見えなくなるまで見送って、視線を理玖さんに向ける。

「ああ、男の名を懸けた一世一代イベントになりそうだな」

「え？」

「いや、こっちの話」

一世一代イベント？　プレゼンのことかな？

きょとんとしている私にクスッと笑って理玖さんが私の肩を抱いて引き寄せた。

「理玖さん、コンペのお話、ありがとうございました。川野さんのチャンスを私が台無しにしてしまったと思うと居たたまれなくて……どうしようって思ってたんです」

「気にするな、このくらいはどうってことない」

彼の頼もしい言葉にすり寄るように頬を押し付けると、じんわりと理玖さの温もりが伝わってくる。

「やっぱり、あなたたちってそういう関係だったのね」

理玖さんと一緒になる幸せを噛みしめていたそのとき、不意に鋭い声が聞こえてハッと身体がはじけた。見ると仕事を終えた梨花さんがじっと眉を顰《ひそ》めて私たちを睨んでいる。

「梨花さん……」

美人が鋭い視線ですごむとものすごい圧力だ。だから、私はなにも言えなくなってしまった。

「はぁ、また君か」

理玖さんがあからさまにため息をつくと、梨花さんの表情が一瞬強張る。

「理玖、そこの彼女のなにがいいの？　しがない寂れたバーでしか演奏できない子じゃない」

梨花さんが理玖さんのご機嫌を取るように愛想笑いをしながら彼に詰め寄る。

しがない寂れた店って……。

確かに梨花さんのピアノのほうが技術的に優れているのかもしれない。私のピアノをなんと言われようが構わないけれど、叔父の店のことまで馬鹿にするような発言は見過ごせない。

「梨花さん、意地の悪さは演奏に影響しますよ」

「な、なんですって？」

彼女の表情からスッと笑顔が消え、冷たい視線を私に向ける。

「演奏中ずっとなにを考えてましたか？　今夜はいつもの梨花さんのピアノじゃなかったみたいに粗が目立ちました。心ここにあらずって感じで」

おそらく梨花さんは個室で私たちの様子が気になって仕方がなかったのだろう。お客さんは食事や話に夢中になっていてわからなかったかもしれないけれど、何度もミスを連発して、乱れた演奏をしていたことに私は個室からでも気づいていた。

「だからなに？」

けれど彼女は私の指摘に怯むどころか唇を歪めてクスリと笑った。

「あのね、レストランの演奏なんてみんな聴いてないものよ？　あなただって演奏者ならわかるでしょ、コンサートじゃあるまいし」

「え……」

梨花さんの演奏にずっと憧れていたから、彼女の口からそんな投げやりな言葉が出てくるなんて思わなかった。キラキラと輝いていたものが一気に色褪せ、絶句する。

「もういい、無駄な時間だな。梨花、来月のコンペの演奏で君との契約は終わりだ」

私と梨花さんの会話に終止符を打つように理玖さんが言い放つと、梨花さんが短く息を呑んだ。

「契約が終わりって……や、やだ、今言ったのは単なる冗談よ、本気にしないで」

梨花さんは慌てて取り繕うけれど理玖さんの険しい表情は変わらない。

「今の発言が冗談ならなおさらたちが悪いな、うちの店に来てくれている人たちを侮辱するのも大概にしろ。それに解約する理由はほかにもある。心当たりがあるだろう？」

勝手にシフトを変更したりして、ほかの演奏者の人から文句がきていると彼は言っていた。彼女はそのほかにも色々問題があるのだろう。

梨花さんは唇を噛んで目に涙をためながら、プイッと顔を背けると無言で去っていった。

「あ、梨花さん」

その場を離れる彼女に声をかけようと一歩踏み出すも言葉が思い浮かばず、私は理玖さんを振り返る。

「理玖さん、本当にいいんですか？　仕事の契約を破棄するだなんて」

「これも彼女のため、決して悪意はない。心配するな」

悪意はないのはわかるけれど、彼女のためって？

「それよりすまないな、また君に嫌な思いをさせた」

呆気に取られている私に理玖さんが目を伏せる。

「いえ、私のほうこそついカッとなって梨花さんを怒らせてしまいました……すみません」

「いいんだ。あのくらい言ってやらなきゃ気が済まなかったんだろ？」

大人げないことをしたと項垂れる私に、理玖さんが宥めるような優しい眼差しを向けた。私のことをわかってくれているんだ。そう思うだけで胸がポッと温かくなる。

「あの、梨花さんに言っていた来月のコンペってのは……」

「さっき川野君にお願いしたコンペのことだ。それが終わった後に秋冬メニューを参加企業に提供する予定で、そのときの演奏を彼女に頼んであるんだよ」

「じゃあ、会場はお店ってことですか？」

通常、コンペと言えばホテルの広間や会議室というイメージだけど、今回は食事を出す関係でパリメラの本店で行うという。

「パリメラなら雰囲気もいいですし、もしかしたら川野さんには好都合な環境かもしれません」

「彼はちょっと緊張癖がありそうだから、そうだといいな」

店の前で話していると一台のタクシーが目の前に停まった。

「行こうか。うち、泊まっていくだろう？」

理玖さんに目配せされドキリとする。そして私ははにかみながら小さく頷いた。

「わぁ、今夜も美味しそうですね。いつも作ってもらってばかりで、すみません」

ここ数日、つわりも落ち着いていて、先日、医者から無理しない程度でそろそろ仕事復帰しても大丈夫。と言われた。

「愛美と子どもに体力つくように、毎日オリジナルのレシピを考えるのが最近の楽しみなんだ」

優香たちとパリメラで食事をしてから一週間。優香の仕事がここのところ忙しく、帰宅の遅い日が続いた。そこで理玖さんから『ひとりじゃ味気ないだろ？　だから毎日夕食を一緒にとろう』と言われ、シェフならではの腕前で、ちゃんと栄養バランスの取れた食事を毎日贅沢にいただいている。

「それに明日から仕事だろう？　君がそうしたかったら仕事を辞めたってかまわないと思っているんだが……」

理玖さんは眉尻を下げ、〝心配でたまらない〟といった表情で私を見た。

「仕事も今自分ができるうちにやっておきたいんです。そんなに心配しなくても大丈夫ですよ」

「愛美がそう言うなら……でも決して無理しないで、なにかあったらすぐ連絡してくれ」

私は意外にも心配性な彼の性格を微笑ましく思いながら食事を堪能する。

あまり脂っこくなく、吐き気を刺激しないようにさっぱりとした和食が中心、今夜はサバの味噌煮とほうれん草とニンジンの炒め物、しっかり出汁の利いたわかめと豆腐の味噌汁。そしてきゅうりの酢の物だ。

「今頃、川野さん、プレゼンのリハーサル中ですね、優香にこっぴどく駄目出しされてないといいんですが……」

いよいよ明日はパリメラと契約するためのコンペの日だ。今夜は川野さんに猛特訓してもらうため、彼の家に泊まって一緒に頑張ると優香は言っていた。

「本当にお似合いのふたりだと思う。それに川野君はこのコンペが成功したら、きっと男としてちゃんとけじめをつけるだろうな」

「え？　けじめ？」

きょとんと目を瞬かせると、「こっちの話だよ」と理玖さんがクスッと笑った。

時刻は二十二時。

理玖さんと過ごす時間はあっという間だ。食事を終え、片付けも終わると家に帰らなければならない時間が迫ってくる。今夜は優香もいないし、次の日が休みならいつも理玖さんのマンションに泊まる流れだけれど。

明日から仕事だし、ここから出勤できなくもないけれど理玖さんに気を遣わせてしまうかも。忙しくて時間がないのにきっと会社まで送っていくって言うだろう。

帰らなきゃ……。

「愛美」

そんなふうに考えていたら不意に名前を呼ばれてドキリとする。

「もう帰らなきゃって、思ってるだろ？」

そんなに顔に出していたつもりはないのに、理玖さんにはすべてお見通しのようだ。

すると彼は私の腕を優しく引いてその胸に引き込んだ。

「もう家族同然なのに変に気を遣われると困るな」

〝家族〟という言葉にこそばゆさを覚え、しばらく俯いていた顔をゆっくり上げる。

すると、思いのほか真剣な眼差しで見つめられてさらに胸が跳ねた。

「愛美、ここで一緒に暮らさないか？」

「え……」

「愛美を家に送り届けて別れる度に感情が抑えきれなくなるんだ。君の前では恰好つけていたいのに、気持ちをコントロールできなくて自分でも参ってる」

弱り顔で眉尻を下げ、理玖さんはほんの少し照れたように笑う。

「本当は明日にでも婚姻届を出しに行きたいくらいだが、君の父上に許しを得ないといけない。けど、身重の君をひとりでアパートに帰したくないんだ。嫌か？」

一緒に暮らさないか言われて嫌なはずがない。むしろ嬉しくて、言葉が出なかったくらいだ。

「理玖さん、嬉しいです」

コクンと頷くと、彼はホッとしたような表情で私の頬を大きな手で包み込んだ。

「愛してる」

「私も」そう答える前に唇を塞がれる。言わなくてもわかっているかのように。

「ん……」

相変わらず長い彼のまつ毛に魅入っていたら、急に唇を割って舌が滑り込んできた。頬に触れていた彼の手が動いて後ろに回される。引き寄せられて、唇がさらに深くなった。キスだけでこんなにも全身を巡る血が熱くなる。頭がぼーっと浮かされて無意識に彼の唇を追ってしまう。重ねてずらしながら交わす互いの熱い息に鼓動が煽られる。

「り、くさ……ん」

もっと欲しい。もっと、と寝言のように呟いた唇に情熱的な口づけが降ってくる。

理玖さんからの愛を体中で受け止めて、歓喜で全部蕩けそうだ。膝からガクンと崩れ落ちてしまわないよう、私は必死に彼の首にしがみついた。

第九章　思い出の曲

「小峰さん、仕事が終わったら早く帰って休みなさいよ？」

有休明けの仕事は思いのほか身体が鈍っていたのかすぐに疲れを感じてしまって思うようにいかなかった。そんな私の様子を先輩が気遣ってくれるけれど、申し訳ない気持ちでいっぱいだ。

あまり初日から無理しても後が持たないよね、今日はもう帰ろう。

時刻は十八時。

パリメラでは各企業がこぞってプレゼンの真っ最中だろう。今朝、優香にひとこと「応援してるからね」と伝えたくて電話をしたが、いつになく落ち着かないようなピリピリした感じが伝わってきた。

そろそろ帰り支度を始めようかと思っていたそのとき。

「ほら、早くしないとコンサート始まっちゃう！」

「今夜のゲストって木内梨花なんでしょ？　楽しみだよね～」

え？　コンサート？　木内梨花？

オフィスに残っていた先輩社員の会話が聞こえてピクリとする。

「せ、先輩！　木内梨花さんがゲストのコンサートって、どこでですか？」

いつも物静かな私から、ただならぬ雰囲気で声をかけられた先輩たちがぎょっと目を丸くして驚く。

「駅前のイタリアンの店だけど……それがどうかしたの？」

「あ、すみません。木内梨花さん、ファンなんです。だからつい反応しちゃって」

笑って誤魔化すと先輩たちは顔を見合わせて首を傾げた。

どういうこと？　コンペの食事会のとき、ピアノ演奏を梨花さんに頼んでたって、理玖さんそう言ってたよね？

それなのに、どうして別のコンサートのゲストに？

嫌な予感がする。こういうときの胸騒ぎはたいてい当たる。

私は椅子にあったバッグを勢いよく引き寄せると、オフィスを飛び出した。

理玖さん、お願い！　電話に出て！

会社を出ると私はすぐに彼に電話をかけた。けれど、忙しいのか何度かけても留守電に繋がってしまい、じりじりと焦りだけが募る。

これでだめだったら……。

もう直接店に行くしかない。そう思ってスマホを握りしめたとき。

『もしもし、愛美？』

私からの電話を慌てて取ったかのような理玖さんの声がしてホッとする。

『すまない、何度か電話もらったみたいだな、ちょうど今、プレゼンの休憩に入ったところなんだ。どうした？』

「あの、今夜コンペが終わった後に食事会の予定ですよね？　梨花さんは……来てますか？」

『え？　いや、それがまだなんだ。そろそろ来てくれないと困る時間なんだが……どうして君がそれを？』

もしかして、理玖さんなにも知らない？

彼の口調がいつも通りだった。だから先輩たちが言っていたコンサートのゲストは梨花さんじゃなくて別の誰かの間違いだったのでは？　と一瞬思ったけれど、実際梨花さんはまだパリメラに来ていないようだ。

ゴクリと唾を呑み込んで、私は先ほど先輩たちが話していた内容をかいつまんで彼に伝えた。

『なんだって？　はぁ、まったく……』

電話の向こうで理玖さんが大きくため息をついて困っている。すでに会食の準備は進み、参加企業の人たちもピアノの演奏を聴きながらのディナーを楽しみにしているかもしれないというのに。

『わかった。とにかく教えてくれて助かった。きっと仕事の契約を破棄すると言われた嫌がらせのつもりなんだろ。仕方がない、ピアノの演奏はなしでも──』

「あの！　私でよければ梨花さんの代役できませんか？」

『え？』

理玖さんはきっとコンペを無事に終わらせたかったはずだ。それに自分の店が会場ならなおさらだ。

梨花さんのせいで台無しになるなんて……。

そう思うと私は居ても立っても居られず口走っていた。

「今、仕事が終わって帰ろうとしてたところなんです。今から急いでそちらへ向かえば会食の時間までには間に合います」

『コンペには君の父上も来ている。あまり顔を合わせたくないだろう？』

そ、そうだった……。

確か先日、パリメラで食事をしたときに優香が『うちの会社も参加予定になっている』と言っていたのを思い出す。

——人のものを横取りして、お前はよそで男を作った母親と同じことをしてるじゃないか。

父の辛辣な言葉が脳裏に蘇り、ドクンと心臓を打つ。できれば会いたくなかった。けれど今はそんなこと言っていられない。

「今更もう隠すことなんてなにもありません。グチグチ嫌味を言われるかもしれませんけど……理玖さんが傍にいるなら、怖くありません」

それに、私にはこの子もいる。

そっとお腹に手をあてがい、彼との間にできた命を感じる。

『愛美……』

「だからお願いです。私にやらせてくれませんか？」

梨花さんが仕事を忘れるなんてことありえない。きっとわざとスケジュールを変更したに違いない。

『梨花さん、意地の悪さは演奏に影響しますよ』

先日、私が彼女に言った言葉で気分を害した可能性もある。だとしても任された仕事を反故《ほご》にするなんて許せなかった。私は梨花さんのような才能があるわけじゃない。だけどなにかの役に立ちたい。そんな想いで何度も喉を鳴らし、私はスマホを握りしめて理玖さんの言葉を待った。

『わかった。すまないが、お願いできるか？　俺も君のピアノが聴きたい』

「はい！」

一気に全身から力が抜けてホッとする。意気揚々と返事をすると、私は電話を切って急いで駅に向かった。

「すみません！　あの、私、梨花さ、木内梨花さんの代行で、ピアノ演奏しに来た小峰と申します」

やっとの思いで店に到着し、レセプションでぜぃぜぃと胸を弾ませながら女性スタッフに言うと、理玖さんからすでに話が伝わっていたらしく、慌てた様子で案内された。

ギリギリ間に合ったみたい。よかった！

見ると、参加企業の人たちがプレゼンを終わらせ、ホッとした表情でそれぞれテーブルについて食事のサーブを待っているところだった。

「愛美！」

名前を呼ばれて振り返ると、理玖さんが足早に私の元へ歩み寄ってきた。彼の向こうに今まで立ち話をしていたのか父の姿が目に入った。予期せぬ私の登場に父はぎょっとした顔で私を見ている。

「仕事終わりにこんなこと頼んですまない。さっき梨花から電話があって、遅れてでも店に向かうと言っていたが断ったよ」

「大丈夫です。譜面は持ち合わせてないんですけど、暗譜してる曲もありますから、私に任せてください」

理玖さんを安心させるようににこりと微笑んで歩き出す。すると父が私から逃げるように背を向けた。

「お父さん、待って。私のピアノを聴いて欲しいの」

父はピタリと足を止め、一拍置いてゆっくり振り向いた。私を見るその目は、まるで〝黒瀬君とは別れるように言っただろう〟〝なぜここにいるんだ〟と、語りかけているようだった。けれど、ここで怯むわけにはいかない。理玖さんのコンペを無事に終わらせたい。そんな気持ちのどこかで〝父に認めてもらいたい〟という願望もあったのかもしれない。

店内に食欲をそそるいい匂いが立ち込め始めた。いつもならお腹空いたな、美味しそう、なんて思うところだけど、今はそんな余裕はなかった。

「あの、そろそろ……」

「あ、はい」

店のスタッフに演奏を始めるよう促される。私は無言でいるままの父を横目に見てからピアノへと向かう。

各々のプレゼンが終わり、和やかな雰囲気の参加社員とは違って、私は無意識に顔が引きつってしまうほど緊張していた。人前で演奏することには慣れているはずなのに、久しぶりに父の前で……と思うと、小学校のときに初めて発表会で演奏したときと同じくらいドキドキし始めた。

ピアノの前に座ると、目線の先に川野さんが見えた。難なくプレゼンが終わってホッとしているような表情で他社の社員と歓談している。

きっとうまくいったんだ。ならなおさらコンペを無事に終わらせなきゃね。

壁際には私を見守るようにしてじっとこちらを見つめる理玖さんの姿。彼と目が合うとカチコチに緊張していた糸がほぐれたような気がした。そして横には父の姿もあった。相変わらず仏頂面だけど、帰らずにいてくれたようだ。

よし！

心の中で気合いを入れて指を鍵盤に載せると私は深呼吸する。そして暗譜していた曲を弾き始めた。

演奏が始まったと同時に、店内が少し静かになる。

いつも思うけれどピアノを弾いているとき、自然と指が動いてまるで誰かに操られているような感覚がする。身体が動きを覚えているからだと昔、母が言っていたことを思い出す。

――音楽はね、どんな人の心も和ませてくれるものよ。

母が私にピアノを教えてくれているときにいつも言っていた言葉だ。当時の私はまだ子どもで、その意味がいまいちピンとこなかったけれど、今ならわかるような気がする。まだ両親の仲が良かった頃、私がピアノを弾くと家族みんなが笑顔になった。あの父でさえ笑って『愛美はお母さんみたいにピアノが上手だな』と言ってくれた。

お父さんにこの曲を聴いて欲しい。

理玖さんからこの場で演奏することを許されたとき、心に決めていた曲があった。

それは小学生でも弾けるような簡単な曲目で、初めて父が私の発表会のときに会社を休んでまで聴きに来てくれた思い出の曲だ。

――よかったぞ。愛美が一番上手だった。

あのとき、そう言って私の頭を撫でてくれた。今でもその温もりを覚えている。ピアニストとして才能がないと母から見限られ、泣いていた私に「愛美には愛美の良さがある」と父が優しく慰めてくれた。だからきっとこの曲を聴けばあの頃のことを思い出してくれるのでは、と期待を込める。

ピアノを弾きながら理玖さんをふと見る。今まで演奏していた曲調と打って変わってその軽快なテンポにきょとんとしていたけれど、すぐにふっと笑顔になった。私もそれに微笑み返す。

言葉がなくとも私と理玖さんは繋がっている。そしてなによりお腹の子の存在がある。そう思えるだけで幸せだった。だから、なんとか父に私と理玖さんのことを認めてもらいたい。

昔のことを思い出して少し涙目になってしまいそうになったけれど、無事に演奏を終わらせる。

このなんとも言えない爽快感と達成感はピアノを弾き終わったこの瞬間にだけ味わうことができる。

ああ、本当に今までピアノをやってきてよかった。

気分が高揚し、本腰を入れてピアニストの道へ進もうかとさえ思ってしまう。

「愛美、素晴らしい演奏をありがとう。これで無事にコンペを終わらせることができるよ」

すぐに理玖さんが歩み寄ってきて、晴れ晴れとした気分の私にそう言ってくれた。

「よかった。こんなに緊張したのは久しぶりです」

ホッとして全身から力が抜ける。あたりを見回すと会食は滞りなく終わりを迎えようとしていた。

「君のおかげだ」

「いえ、とんでもないです……」

そんなふうに言われると照れる。赤くなって俯こうとしたとき、父が店を出ようとしているのが目に入った。

「あ、あの、すみません！」

理玖さんの横をすり抜けて私は慌てて父を追いかけた。

「お父さん！　待って！」

店の外に出ると父は秘書の運転する車に乗ろうとしているところだった。私に気づいて足を止める。

呼び止めたのはいいけれど、なにを話そう？　まったく言葉を考えていなかった。二の句が継げないでいると父が無言で私に向き直る。

「私のピアノ、どう……だった？」

もっとほかに言わなきゃならないことがあるのに、締めつけられるような喉から絞り出したのはそんな言葉だった。

「今日の目的はコンペだ。お前のピアノを聴きに来たわけじゃない」

「そうだけど……」

やはり私の演奏はまったく父の胸に響かなかったのだろうか。それとも家族の楽しかった思い出なんて、もうとうに忘れてしまったのか。その無機質な声音に思わず怯む。

足がまるで棒みたいになって動かない。頭の中がだんだん真っ白になろうとしていたそのとき。

「小峰社長、いつまでそんな意地を張ってるおつもりですか？」

その声にハッとなって顔を上げると、いつの間にか理玖さんが私の横に並んで私の肩に手を乗せた。

「黒瀬君……」

父は気まずそうに表情を歪め、顔を背けた。

「今回のコンペは参加企業の発表だけがすべてじゃありません。会食の演奏なしでは完璧に成しえなかった。こちらの事情で本来の演奏者に穴を開けられてしまって……それを彼女が助けてくれたんです」

肩に載せられた手が優しく私を引き寄せる。〝大丈夫だ、俺がいる〟というように。

「演奏をお聴きになっているときの小峰社長、すごくいい表情をなさってましたよ。本当は楽しんでいらっしゃったんでしょう？」

父は理玖さんに言われて低く唸ると押し黙った。喉まで出かかった「そんなことはない」という否定の言葉を呑み込んだかのようだ。

「彼女はここに小峰社長がいるとわかっていて来たんです。決して逃げなかった。だから小峰社長もちゃんと愛美さんに向き合ってくれませんか？」

しばらく沈黙した後、父が長く重いため息をついた。なにを言われるか想像もつかない。理玖さんの前で罵声を浴びせられるかもしれない。そんな不安が私を取り巻き、ドキドキと心臓が波打つ。すると。

「相変わらずお前のピアノは順子とは違う音色だったな。変わってない。順子がお前に才能がないと言ったのは、おそらく自分と同じ色に染まらないから面白くなかったんだろう」

「え……？」

――愛美、何度言ったらわかるの？　お母さんとまったく同じように弾きなさい。

――でも、これが私のピアノなの。お母さんはお母さんでしょ？　私は私じゃだめなの？

昔、一度だけ母にそう口答えしたことがあった。母と同じじゃ誰も評価してくれない。まるでコピーのようで嫌だったからだ。だから私は母のようなピアニストにはなれなかった。唇を噛みしめ、怒りに震えていた母の顔をいまだに覚えている。あのときは生意気なことを言った私に対して怒っているのだと思ったけれど、もしかしたら父が言うように、自分の思い通りにいかないことへの苛立ちだったのかもしれない。

「お前は案外頑固なところがあるからな、ブレないというか……。けど、私は順子の完璧すぎる面白みのない音色よりも、個性あるお前の音色のほうが好きだったんだ。知ってるか？　私も若い頃、ピアノを嗜んでいた。だから少しはピアノを知っているつもりだ」

そんな父の胸の内を初めて聞かされて放心する。「まぁ、昔の話はいいか」と言って控えめに笑う父の顔は、私の知っているあの優しい昔の父だった。長年見ていなかったその笑顔に胸がキュッとなる。
「久しぶりに聴いたな……お前のピアノを聴きに来たわけじゃないなんて言いつつも
つい昔のことを思い出したよ、あれはお前が初めて発表会で披露した曲だったな」
「お父さん、覚えててくれたの？」
そのことに驚いていると、父は困ったように小さく笑った。
「忘れるわけがないだろう？　あのときほど、私の自慢の娘だと思ったことはない。
それに、本当はわかっていたんだ」
その表情に陰りが浮かんだかと思うと、父は親指と人差し指を目頭にぐっと押し付
けた。
「仕事が忙しくて家庭をないがしろにしてた。家に帰らない日もあった。順子がほか
に男を作るのも無理はない」
「お父さん……」
「文句を言う順子を陰で宥めていたのもお前だったな……昔から自分のことより人を
大切にするお前の性格のことだ。離婚して愛美が私についてこなかったのは、これ以
上母に寂しい思いをさせたくなかったからだろう？　幼いなりのお前の気遣いだった
とわかっていたのに、それを裏切られたと責任転嫁して、今まで辛く当たってしまっ

た。そう思うことで正当化していたんだ」

父の声は震えていた。それを聞いて幼かった頃の自分を思い出す。

母は世界中を飛び回っていたけれど、家にいるときはいつもひとりだった。私が傍にいることで少しでも寂しさが紛れるのならと、できるだけいつも一緒にいた。だから父が自分よりも母親に懐いているという誤解が生まれてしまった。

「この十年、お前のことが気になりつつも、ずっと連絡を取らずにいた。そんな父親を許してはくれないだろうとも思っていたんだ」

父は威厳のある精神的にも強い人。そう思い込んでいたから本当の父の気持ちがわからなかったのだ。

本当は、お父さんも寂しかったんだね……。

「だから今まで私を避けていたの？　もう、素直じゃないよ、お父さんこそ頑固だよ」

引くに引けなくなる父の気難しさは筋金入りだ。十年の時を経て、ようやく本当の気持ちがわかった。そしてずっとずっと胸の中にあった氷塊が次第に溶けてなくなっていくような、そんな気がした。

「そうだな、私も大概だな……愛美、本当にすまなかった」

父は私の前に歩み寄り頭を下げた。

「そんな、やだ、もう頭上げてよ」

まさかお父さんが私に謝るなんて日が来るなんて……信じられない。

「初孫ができたんだ。いつまでも頑固じじいではいけないな。それに親なら娘の幸せを願わなくては」

弱り顔でくしゃりと歪んだ父の顔を見たら、鼻の奥がツンとしてきた。

「じゃあ、私たちのこと認めてくれるの？」

「なかなかこの年になると素直になるのが難しくてな、実は以前、優香にも言われたんだ。『いつまでも意地を張ってないで、もう少し愛美のこと考えてあげて』とな」

「え、優香が？　そんなことを？」

自由気ままで楽観的な性格な優香だけど、私の知らないところでそんなフォローをしていてくれた。もしかしたら私なんかよりずっと思慮深い性格なのかもしれない。

「娘にまでそんなふうに言われては情けない。それにもう今更想い合うふたりをどうすることもできないだろう？　優香のようにな」

父の言葉に私は目を見開いた。優香たちのことも受け入れてくれた。そう思うと嬉しくて言葉にならない。

「しかし、川野君は黒瀬君と違ってまだまだ半人前だ。この先、川野君には男として成長してもらわないと私も心配だ」

この期に及んでまだ心配している父を見ると、思わずクスリと笑みがこぼれた。

ほんと心配性なところはやっぱり変わってない。

「彼なら心配ありませんよ、私が保証します。彼は小峰社長が思っているよりもずっと信頼の置ける男ですよ」

理玖さんが話に入って太鼓判を押すと、父はホッとしたような顔になって頷いた。

「黒瀬君が言うのであれば間違いないな。実際、今回のコンペの採用結果ももう君の中で答えは出ているのだろう？」

答えは出ているって？　どういうこと？

わけがわからず理玖さんを見たら、彼は父に申し訳なさそうに眉尻を下げていた。

「ええ、甲乙つけ難いくらい御社の案もよかったのですが……」

「あはは、君とは付き合いが長いんだ。言われなくともなにを考えているのかくらいわかる。川野君のプレゼンを聞いているときの君を見ていたら、そんな気がしていたよ。それに、意表を突かれるくらいなかなかのプレゼンだったじゃないか。そんな川野君の今後に期待するとしよう。今回は完敗だ。こんなに清々しい負け戦は初めてだ」

張り詰めていた空気が和らいでいく。両親はもうやり直しが利かないかもしれないけれど、父との関係ならまたやり直せる。その証拠に父は私に再び笑いかけた。

「娘をよろしく頼むぞ」

「はい。必ず幸せにすると誓います」

これって、理玖さんと結婚することを許してくれたってことだよね？

そう思うとこそばゆさで急に頬が熱を持ち始める。

理玖さんの言葉に安心した父は秘書の待つ車へ乗り込むと、窓越しに軽く手を振って去っていった。

「はぁぁ」

思わず声に出して息を吐き出し脱力する。今まで張り詰めていたものが一気に身体から抜け、目眩さえ覚える。

「結果オーライってとこだな」

ずっと私の肩を抱いてくれていた理玖さんの手に力が込められて、私も笑顔になる。

「理玖さんが口添えしてくれたおかげです。私、ひとりだったら……きっと父の理解を得られなかったかもしれません。今まで散々言われてきて、あんなふうに笑った父を見ることができたのも全部……ありがとうございます」

するとは理玖さんはふるふるとゆっくり首を振った。

「君のピアノが結果的に小峰社長の心を解きほぐしたんだ。元々、根はいい人なんだよ。そこだけは昔も今も変わってない。ずっと一緒に仕事をしてきたんだ。それくらいはわかるさ」

理玖さんは目を細めてやんわりと口元に笑みを浮かべた。

色々あったけど、理玖さんがお父さんのことそんなふうに思ってくれていたなんて嬉しい。

「さ、店に戻ろう」

「はい」

理玖さんに促されて頷くと私たちは店へと踵を返した。

コンペも終わり、店内には後片付けに追われているスタッフ以外誰もいなかった。

「こっちだ」

店に戻ってから理玖さんに案内される。するとなぜかワイングラスやカトラリーなどが二人分セッティングされた個室席に通された。

「座って」

「あ、あの……これは」

まるでこれから食事をするような雰囲気だ。もう帰宅するものだとばかり思っていたからわけがわからず椅子に座る。

「コンペが無事に終わったら君とふたりで食事をするつもりだったんだ。店内貸し切りでね。それに食事もしないで会社から来てくれたんだ。お腹も空いてるだろ？」

ほんの少し落とされた照明の中、火が灯されたキャンドルの明かりがテーブルの上で揺らいでいる。ピアノ演奏のことやらコンペのこと、父のことでずっと緊張が続いていたせいか、理玖さんに言われてから気づいたように急にお腹が減ってきた。

「今日、提供した新メニューを君にも食べて欲しくて、俺からのちょっとしたサプライズだ」

昼間とは打って変わって大人っぽい落ち着いた雰囲気に包み込まれる。

「ごめん、君の予定も聞かずに急すぎたか？」

あまりにも呆然としている私の顔を覗き込むように理玖さんから声をかけられハッとする。

「いえ！　予定なんてないです。ただ、びっくりしてしまって……あ、嬉しくてですよ？」

「そうか。それならよかった」

「ふたりで食事ができるなんて思ってなくて、ほんとにサプライズですね」

徐々に気分が高揚してくる。ドキドキしている間に飲み物がグラスに注がれ、結婚の許可が出たことを祝して乾杯した。

「コンペが終わったからホッとしただろう？」

手元に置かれている新作メニューのラインナップに目を通す。

「遠慮なく食べてくれ」

メニューはエビと旬のきのこのマリナータ、エリンギの香草フリット、そしてメインはアサリのボンゴレビアンコスパゲティで、デザートはトルタチョコラータ、いわゆる中身がとろっとしたフォンダンショコラだ。

「わぁ、どれも季節感があって美味しそうですね！」

メニューを見ながら胸を弾ませていると、さっそく前菜が運ばれてきた。

「そういえば、さっきプレゼンの採用結果は理玖さんの中で出てるんだろうって、父が言ってましたけど、あれってどういうことですか？」

「うん、小峰社長には申し訳ないけれど俺は今回、川野君の会社の案を採用したいと思っているんだ」

「ほんとですか!?」

もしかして？の予感はしていたものの、本当に当たると驚いてしまって私は食事中だというのに腰を浮かせて前のめりになる。

「す、すみません、行儀の悪いことして。つい嬉しくて」

ハッと我に返って真っ赤になりながら腰を戻して縮こまる。

「あはは、君がそんなに喜ぶなんて思わなかった。けど、これだけは言っておく。別に川野君を贔屓目に見て決めたわけじゃない。俺との相性やビジネスに取り組む姿勢、誠実さを考慮して決めた結果だ。それに、君にも聞かせてあげたいくらい彼のプレゼンは素晴らしかったよ。もう一度聞きたいくらいだ」

理玖さんは満足げに頷いてワインを口に運んだ。

ああ、よかった！　優香、幸せになるんだよ。本当によかった。

「素晴らしかった、と言えば……」

心の中で優香と川野さんへの祝福の言葉を呟くと、理玖さんがゆっくりと口を開いた。

「君のピアノもだよ。ホールにいた人全員が聴き惚れていた。料理のほうが君の演奏に負けてしまうくらいにね」

「いえ、そんなことは……」

「謙遜することないだろ、本当のことなんだから」

そんなふうに改めて褒められると照れてしまう。恥ずかしがっている顔を見られたくなくて伏せるように俯く。

「それとずっと考えていたことだったんだが……君が嫌でなければパリメラの店内演奏者をお願いできないかと検討していたんだ」

「えっ⁉」

私が、リストランテ・パリメラの演奏者？

あまりにも唐突な理玖さんの申し出に何度も目を瞬かせる。

「この店には音楽関係者も多く来店する。彼らに君の演奏が目に留まれば……」

ピアニストの道が本当に開けるかも――。

一度は諦めかけていたピアニストの夢。突然降ってきたチャンスに、私の胸が躍り高まった。そして「是非、そのお話を受けさせてください」そう言おうと口を開きかけたときだった。理玖さんの表情が少し神妙になる。

「でも今はその話はだめだ」

え、だめって、どういうこと？

料理のほうが負けてしまうくらい、素晴らしい演奏だったと言ってくれたばかりなのに、彼の言った言葉の意味が理解できない。よくよく考えたら、やはりこんな有名どころのレストランで聴かせるような演奏ではなかった。そういうことなのだろうか。高ぶった気持ちが一気に急降下しそうになっていると、理玖さんが目を細めてふっと笑った。

「愛美、そんな顔しないでくれ、誤解を招くような言い方だったかもしれないが、君は今自分だけの身体じゃないだろう？　そんな身重で仕事なんてさせられない」

彼が私とお腹の子を本当に大切に思い、考えてくれていると思うと「今はだめだ」と言われても嬉しさのほうが先に込み上げてくる。そして身重だということよりも自分の希望を優先してしまった、と恥ずかしくなる。

「けど、がっかりしないでくれ」

今はだめだと言われて肩を落としたけれど、理玖さんの明るい声に顔を上げる。

「愛美の弾いたピアノの音源を店内ＢＧＭとして流そうと思ってるんだ。だから音楽関係者の耳に入るチャンスはまだある」

私のピアノの音源……。

彼のためにできることがまだある。理玖さんがニッと笑うと自然に私も笑みがこぼれた。

「私のピアノの音源をお店に流せるだけで夢みたいな話です。でも、本当に私でいいんですか？」

私は梨花さんのようなプロじゃない。きっと、ここで演奏しているほかのピアニストは私よりも数倍、数十倍技術が優れているはずだ。そう思うと一瞬迷う。

「俺は自分がいいと思ったことしか取り入れない。たとえ名声高くとも、うちの店に合わなければだめなんだ。俺は君のピアノの腕を買っている」

「理玖さん……」

閉ざされた扉からスッと一条の光が差し込んで、その向こうで理玖さんが私に手を差し伸べてくれる光景が広がるようだった。

「嬉しいです……」

今までピアノを弾いてきてそんなふうに言われたことはなかった。嬉しくてつい目頭が熱くなる。

「君のことは永遠に応援しているよ。そしてこれからもずっと愛してる」

突然、愛の言葉を囁かれ、ドキンと胸が波打つ。彼のまっすぐな熱い視線にどんどん心拍数が上がっていくのがわかる。

「わ、私も、理玖さんのこと、愛してます」

きっと真っ赤になっているであろう顔を綻ばせると、彼は満足げに微笑んだ。

「今夜は君に音源の話を提案する目的もあったけど、これからが本題だ」

「え？」

「左手を出して」

あらかた食事を終えて、膝の上に乗せていた手を戸惑いながら彼の前に出す。すると、理玖さんがおもむろに白いリボンのかかった赤い小箱を手渡した。

「これは？」

「開けてみてくれ」

壊れ物を扱うかのように十字にかけられたリボンを丁寧にとって、そっと箱を開けてみる。

「わぁ……」

箱の中には、四方八方に光を放ち純白に光り輝くリングが入っていた。そしてなによりも目を奪ったのはリングにセッティングされた一粒のダイヤモンド。思わず声が漏れてしまうほど、私はその指輪に釘付けになった。

「貸してごらん」

理玖さんが指輪を箱から取り出し、私の左薬指にはめる。それは収まるべきところに収まったというように、一瞬きらりと閃いて私の指に馴染んだ。

「君は俺のプロポーズを受け取ってくれた。だからこうしてちゃんと形にしたかったんだ」

お腹の子、そしてこの指輪が私と理玖さんを繋いでくれる。そう思うと嬉しくて自然と涙が零れ落ちた。

「ありがとうございます。嬉しいです」

「それは婚約指輪で、もう君は俺のものだって印。結婚指輪は一緒に買いに行こう。それに、産まれてくる俺たちの子どもの名前も考えないとな。やることがいっぱいだ」

「ふふ、本当ですね」

あぁ、私は今最高に幸せだ。

愛する人と共に時を過ごし、そしてその喜びや悲しみを分かち合う。良いときも悪いときも、私は一生彼について行く。そう改めて自分の中で固い決心が生まれた。

「はい」

溢れる涙を人差し指で拭って、私はにこりと微笑んだ。

第十章　永遠の宝物

「理玖さん、ごちそうさまでした。今夜もすごく美味しかったです」

彼のサプライズディナーを終え、エントランスへ向かう。美味しいものでお腹が満たされ左薬指には婚約指輪が輝いて、私は幸せで胸がいっぱいだった。

「すごく綺麗だ」

理玖さんが私の左手を掬い、手の甲に甘い水音を立てて口づけた。

「本当は今すぐにでも君を抱きしめたいところだが、続きは帰ってからだな」

普段は見せない彼の行動に頬を染め、目を逸らすスタッフを横目に艶めいた瞳で見つめられる。不意に帰った後の光景がそこに映ったような気がして耳朶が熱くなった。

「ちょ、理玖さん、まだスタッフさんだっているのに」

理玖さんからの婚約指輪に視線を落とし〝黒瀬愛美〟とこっそり心の中で呟いたらなんだか急にこそばゆくなる。すると指輪がきらりと光って〝あなたは結婚するのよ〟とそう言われているような気がした。

「足元気を付けて、そこ階段だから」

「はい」

心配性の理玖さんにクスリとし、パリメラのエントランスを出たそのときだった。

「やっと出てきた。待ちくたびれたわよ」

聞き覚えのある声にハッとして振り向くと、そこには腕を組んで眉間に皺を寄せた梨花さんが静かな怒りを滾らせて立っていた。まるで待ち伏せしていたみたいに。

どうしてここに梨花さんが？

理玖さんを仰ぎ見ると、彼の表情にもわずかな陰りが滲んでいた。先ほどまでの多幸感が一気に冷めていく。

「今更なんの用だ。もうここに用はないだろう？　とっくに会食も終わった」

理玖さんの冷めた目を向けられても、梨花さんは怖じ気づくことなくずかずかと歩み寄ってきた。

「せっかく急いで予定を切り上げてきたのに、どうして愛美さんがピアノを演奏していたの？　それに、遅れるって言ったはずなのに、来てみれば店の中には入れてくれなかったし、とんだ扱いを受けたわ。どういうこと？」

まるで穢《けが》れたものを見るかのような目で私を一瞥して梨花さんは納得いかない、と理玖さんに抗議した。

「この私に外で待ってろだなんて、まったくどういうつもりかしら」

ふん、と鼻を鳴らして梨花さんは理玖さんを睨んだ。彼はまったく気にも留めていないようで、短くはぁとため息をついた。

梨花さん、ずっとここで私たちのことを待ってたの？

きっと役目を横取りされて文句のひとつやふたつ言いたくてたまらなかったのだろう。梨花さんの執念深さにゾッとした。

「遅れると言ったか？　ばっくれた、の間違いだろう？　それにうちのスケジュール以外の予定を優先して契約違反をしたのはそちらだ。文句を言われる筋合いは微塵もない」

まっとうな反論をされて梨花さんはぐっと押し黙る。

「違うのよ、理玖。あれは勝手にマネージャーが――」

「予定を入れた。にしても、演奏は一ヵ月も前から決まっていたことだ。じゃあ、後から入れた予定を優先したのはどういうことだ？　会食の演奏を依頼したとき、マネージャーはほかに予定はないから大丈夫だ、と確かにそう言っていたぞ？」

「それは……」

『予定はなかった』という事実を先に突きつけられ、梨花さんは言い訳もできずに唇を噛む。

「あの、梨花さん」

「なによ」

恐る恐る彼女に声をかけると、梨花さんは噛みつかんばかりにキッと私を睨んだ。

「以前、梨花さんは理玖さんのことを〝好きな人〟って言ってましたよね？」

すると梨花さんはそれがどうした？　と言わんばかりに口をへの字に歪めた。

「どうして彼に恥をかかせるようなことをしたんですか？　好きな人のためなら、なにがなんでもやり通せるはずです」

それを聞いて、梨花さんは馬鹿にするように鼻で笑った。

「私の本当の忙しさなんて、半端にピアノを弾いてるようなあなたにはわからないわよ」

「おい、梨花」

理玖さんに窘められて梨花さんが気まずそうに顔を背けてツンとする。

「先日の私の失礼な発言が原因なら謝ります。それに仕事に穴を開けたら理玖さんにだって迷惑がかかる。それをわかっていてドタキャンするなんて……」

私が言い寄ると梨花さんがじりっと一歩引いた。

「どうせ切られる契約なら次に繋がるような仕事のほうを優先させたかった。これが本当のドタキャンの理由じゃないんですか？」

「なっ……」

どうやら図星だったようだ。その証拠に梨花さんは目を見開いたまま微動だにしない。

「あなたになにがわかるというの？」

梨花さんの長くて綺麗な黒髪が、今にも怒髪天を衝くように揺らめく。完全に彼女を逆撫でてしまったみたいだ。

ドクドクと波打つ心臓を抑えようと胸に手をあてがったそのとき、梨花さんの顔色が信じられないものを見るかのようにサッと変わった。

「その左薬指の指輪……まさか、なによ……私にはちっとも振り向いてくれなかったくせに、こんな子のどこがいいのよ」

「彼女にプロポーズした。俺は結婚しようと思う、愛美と。以前、君から告白を受けたときにも言ったが……君の気持ちは受け取れない。すまない」

「理玖……」

梨花さん、理玖さんに気持ちを伝えたんだ……。

再び拒絶された梨花さんの瞳に、うっすら涙が浮かぶのがわかった。すると下がっていた眉尻が次第に吊り上がり、唇を噛みしめたかと思うといきなり近づいてきて私の腕をグイッと掴み上げた。

「り、梨花さん⁉」

「こんな指輪！　捨ててやる！」

怒気を含んだ声で強引に梨花さんが結婚指輪を引き抜こうとしてきた。

「痛いっ！」

指まで一緒に引きちぎらんばかりの力で引っ張られ、関節が悲鳴を上げる。

「梨花！　やめるんだ！」

いきなりの暴挙にすかさず理玖さんが割って入り、私と梨花さんを引き離した。理玖さんは背後に私を庇うと眦《まなじり》を吊り上げ、本気で怒っている表情を梨花さんに向けた。

「ピアニストにとって指がどれだけ大切なものか、君にだってそれくらいわかるだろう！」

「わ、私……」

理玖さんに言われて我に返った梨花さんは、目を見開いたまま硬直する。

「大丈夫か？」

「え、ええ」

私は指をさすりながら頷く。梨花さんがあんな乱暴なことをするなんて信じられなかった。理性を失っているとしか思えない。

「梨花、これ以上俺を失望させないでくれ。そこにいる君のマネージャーも困ってるぞ」

「え？」

梨花さんがビクリと肩を震わせて振り向く。見ると三十代くらいの眼鏡をかけたスーツ姿の男性が複雑な面持ちで立っていた。

「黒瀬さん、この度は申し訳ございませんでした。会食の演奏の件、木内がとんだご迷惑を……」

「高松《たかまつ》……」

男性が歩み寄り頭を下げると眼鏡のフレームを押し上げた。

梨花さんに高松と呼ばれた男性は、雰囲気からしてどうやら彼女の専属マネージャーのようだ。そして申し訳なさそうな表情から一変して、キッと厳しい視線を梨花さんに向けた。

「今日一日、私と連絡がつかないようにスマホの電源を切ってあなたは一体なにをしていたんです？　しかも、私の目を盗んで勝手にコンサートのゲストに参加したりして……まさかと思ってここへ来てみれば案の定だ」

高松さんは梨花さんの勝手な行動に深いため息をつき、梨花さんはバツが悪そうに視線を泳がせた。

勝手にコンサートのゲストに参加したって……じゃあ、高松さんはなにも知らなかったってこと？　梨花さんの独断だったの？

「……ごめんなさい」

すると冷静さを取り戻した梨花さんがぽつりと謝罪の言葉を口にした。

「スケジュールを勝手に変更したのは愛美さんの言う通りよ、次に繋げられる仕事を優先した。それにパリメラの契約を切られると言われて、感情的になってしまったの」

そして追い打ちをかけるように私の婚約指輪が目に入り、彼女はとうとう冷静でいられなくなってしまったらしい。

「結果的に信用を失って取り返しのつかないような馬鹿なことをしたわ……愛美さんにもひどいことを……本当にごめんなさい」

「まったく、あなたという人は」

身体を小刻みに震わせている梨花さんの肩に高松さんがため息をついて軽く手を載せる。

「これ以上勝手なことをされると、今度こそ事務所をクビになりかねませんよ？　そうなったら、私はあなたを守れなくなる」

高松さん、もしかして梨花さんのこと……。

厳しい中にも包み込むような優しいその眼差しに、私は梨花さんへ向ける高松さんの特別な感情が見え隠れしたのを感じた。

高松さんが理玖さんへ向き直り、もう一度頭を下げる。

「黒瀬さん、解約の件は誠に残念ですが、全面的にこちらに非がありますので承諾せざるを得ません。私からも謝罪します。今までの不手際をどうかご容赦ください」

そして高松さんが険しい視線を梨花さんに向ける。

「あなたには帰ってからたっぷり説教しなければなりません。まったく」

高松さんに厳しく言われて今までの勢いはどこへいったのやら、梨花さんが肩を下げてしゅんとなる。まるで親に怒られる子どものようにも見えるけれど、そう言われて反抗しないのは、彼女が高松さんを信用しているからだ。

「君も苦労するな」

理玖さんに言われて高松さんが「失礼します」と小さく笑う。そして梨花さんの背中を押し、ふたりは私たちに背を向けて歩き出した。

あれ、あの後ろ姿……どこかで？

特徴のある髪型でも背格好でもないけれど、なんとなく高松さんの後ろ姿には既視感があった。

「まさか梨花が店の外で待ち伏せしているとは思わなかったな、すまなかった。指は大丈夫か？」

理玖さんが労わるように掴まれた私の手をやんわりとさする。

「大丈夫です。なんともありません。仲裁に入っていただいてありがとうございました」

ピアニストにとって指は命。それを彼がわかっていてくれて嬉しかった。関節を痛めたりして演奏に支障が出てしまうような指になってしまったら、と思うとゾッとする。

本当に梨花さんの契約を切ってしまって、理玖さんはこれでよかったのかな。

胸の中でまだ燻っているものを見透かすように黒瀬さんが小さく笑った。

「まだなにか気にかかってる。そんな顔だな、梨花のことか？」

「……はい」

理玖さんの温かな手が私の頭をそっと撫でる。

「あんな目に遭わされてもまだ彼女のことを気にかけるなんて。まったく、お人好しというか……まぁ、それが君のいいところでもあるんだけどな」

お人好し、かぁ……優香にもよく言われるけどね。

だからこれが優しさなのか自分でもわからない。

「梨花のことはこれでいいんだよ。実を言うと彼女は前から活動の拠点をオーストリアに移そうか悩んでいたんだ」

「え？　オーストリアに？」

「ああ」

梨花さんはピアノだけでなく、商品をプロデュースしたりインタビューで雑誌に載ったりして、今やインフルエンサー的な存在だ。これからどんどん注目を浴びていくだろう。だから海外へ進出して羽ばたきたいというのも当然だ。そんな彼女を迷わせていたもの、それは。

「パリメラとの契約のせいで二の足を踏んでいたみたいだ。これでキッパリ踏ん切りがついただろう」

――梨花、来月のコンペの演奏で君との契約は終わりだ。

パリメラで演奏をするという名誉、理玖さんへの未練、それらをすべて断ち切って彼女の背中を押すため、理玖さんは敢えてそう言ったのだ。

「けど、ビジネスで一度失った信用を築き直すのは難しい。今回のことで梨花も学んだだろ。あの自由奔放な悪い癖を直せば、海の向こうでもまたうまくやるさ。だから君が心配するようなことはなにもない」

私の中でモヤモヤとしていたものがスッと晴れていく気がした。

「そうだったんですね、それを聞いて安心しました。あ、そういえば……」

「まだなにかあるのか？」

「理玖さんって梨花さんから告白されてたんですか？」

――以前、君から告白を受けたときにも言ったが……君の気持ちは受け取れない。

ふと先ほどの梨花さんとのやりとりを聞いて思い出す。

「昔の話だよ。けど、梨花が本当に好きな男は俺じゃない。彼女自身、まだ自分の気持ちに気づいてないみたいだけどな」

「え？」

ほかに好きな人がいるのにどうして理玖さんに告白するのかわからない。梨花さんの不可解な行動に、私はきょとんとする。

「あのマネージャー、後ろ姿に見覚えないか？　最近、君も見て知ってるはずだ」

高松さんの後ろ姿を見たとき、なんとなく既視感があった。

すると理玖さんがスマホを取り出して、私が恥ずかしい思い違いをしたあのＳＮＳの写真を見せてきた。

「あっ！」

梨花さんに寄り添う男性の後ろ姿と高松さんの後ろ姿が、頭の中でカチリと一致した。

この写真の相手……高松さんだったんだ。

梨花さんは初めからすっぱ抜かれた相手は高松さんだったということを知っていたはずだ。それなのに理玖さんだと思い込んでる私を否定しなかったのは、やはりからかわれていたのだ。

もう、やっぱり梨花さんはいじわる。

きっと高松さんもなにがあっても見放さず、密かにずっと梨花さんに想いを寄せていたのだろう。梨花さんもそんな高松さんに揺れていたはず。

「高松さん、優しそうな人でしたものね。うまくいってくれるといいな」

「ああ、そうだな。さ、帰ろうか、ずいぶん長居した」

私は彼に返事をする代わりに彼の手のひらに指を滑り込ませ、ギュッと握った。


「んっ……あっ」

マンションに帰ってきたと同時に私たちは自然と抱き合い、唇を貪り合っていた。早くこうなりたくて帰りのタクシーの中ですでに身体の芯が疼いていた。それは理玖さんも同じだったようで、キスをしながら荒くなっていく呼吸に自らの淫らな感情を煽られずにはいられなかった。

「理玖さ、ん」

「愛美、舌……出して」

「ん、んっ……」

舌先で唇をなぞられて肩が跳ねる。言われるがままおずおずと開くと、理玖さんの舌が唇を割ってゆるりと入ってきた。ゆったりとした動きで口内を掻き回され、舌先がとろりと絡み合って背中がのけぞった。くすぐったくて、気持ちが良くて理玖さんとのキスはいつも不思議な感覚になる。そのままベッドに優しく押し倒されると、理玖さんが微笑んだ。

「お腹の子に負担がかかるようなことはしない。けどせめて愛美を感じていたいんだ」

そんなふうに求められたら、私だって彼を感じたくてたまらない気持ちが抑えきれなくなる。

「あっ」

ブラウスのボタンをひとつひとつ丁寧に外される。露わになった胸の谷間に唇を落とされただけで全身に電流が走るようだった。

「その声も、表情も可愛くて困るな」

理玖さんの大きな手がスカートの裾をそろそろとまくり上げ、腿を這い上がってくる。なぞられた箇所は燃えるように熱い。

「んんっ！」

再び唇を重ねられて、今度はぐっと舌を深く押し入れてきた。思わずくぐもった声が漏れて息苦しさを感じつつも、次第に気持ちよさが混ざり合う。まるで甘くてほろ苦い酒のようにお腹の底を熱くあぶった。

「愛美、愛してるよ。永遠にね」

「私もです」

何度も何度も愛の言葉を交わして指を絡め合い、蕩けるようなキスを繰り返していくうちに私は睡魔のいざないにゆっくりと眠りに落ちていった。

「黒瀬愛美《くろせまなみ》さん」

「あ、は、はい！」

私はようやく理玖さんと結婚し、先日〝黒瀬愛美〟になった。

今日は産婦人科の診察日。黒瀬愛美と呼ばれても、なんだか実感がなくて、まるで別の人の名前のようだ。お腹の子も順調で妊娠十一週目に入り、まだまだつわりがひどいときもあるけれど、運動不足にならないように軽いマタニティーエクササイズを先生に勧められた。

さて、帰ってから曲作りの続きをしよう。

パリメラで自分の弾いたピアノの音源が店内のBGMとして起用してもらえるようになって以来、私は本格的にピアニストとしての活動を始めるべく会社を辞めた。そして自分のピアノの技術も磨きつつ、今は作曲にも挑戦している。今まで曲なんて作ったことなかったけれど、思いのほか楽しくてつらいつわりもそのやりがいでなんとか乗り越えている。

「ただいま、愛美」

病院から帰宅してすぐに作曲の作業に夢中になっていたら、あっという間に時間が過ぎて理玖さんが帰ってきた。

「理玖さん、おかえりなさい」

いけない、もうこんな時間!? どうしよう、夕食の準備全然してない。時計を見て唖然としている私にすべてを悟った理玖さんがにこりとした。

「いいよ、愛美はゆっくり作業の続きをしててくれ。俺がなにか食べやすいものを作ろう」

「え、でも、今お仕事から帰ってきたばかりなのに……」

「いいって、これも男の甲斐性だろ」

理玖さんは私の腰を引き寄せ、おでこに軽くキスをした。

「それに、ほら、お土産があるんだ」

目の前に差し出されたカラフルなショッピングバッグを受け取り、そっと覗いてみる。

「あ!」

そこそこ大きな袋だったから、一体なにが入っているのだろうと中身を手に取った。

「これ全部買って来たんですか？」

可愛い花柄や爽やかなブルーのボーダー柄のツーウェイオール、そして着心地のよさそうな新生児用の肌着などなど、たくさんのベビー服に私は目を丸くする。

「まだ男の子か女の子かもわかってないのに。ふふ、気が早いですね」

「どちらが産まれてもいいようにだよ。それに産まれてくる子は男の子と女の子の双子かもしれないし、二人目三人目ができてもこれだけあれば安心だろう」

子どものためを思ってウキウキしながら洋服を選んでいる理玖さんを想像すると、なんだか微笑ましい。この間も知育にいいと店員に勧められた玩具《おもちゃ》を山のようにネットで注文していた。

過保護なパパになりそう……。

「そうだ。ポストにこれが」

理玖さんからポストカードが手渡される。受け取って見るとそれは梨花さんからだった。

わ、オーストリアからだ。梨花さん、あれから高松さんと一緒に行ったんだ。

理玖さんとの契約が切れた梨花さんは、あれからすぐにオーストリアへ旅立ったようだ。私に迷惑をかけたと謝罪が綴られていて、高松さんと正式に交際することになったとも書かれていた。そして仕事も順調で不慣れなこともあるけれど、新天地で頑張っているようだ。

「梨花さん、よかったですね」

「人騒がせなところもあるが彼女の才能は確かだからな。その活躍に期待しよう」

「そうですね」

高松さんとのお付き合いも併せ、同じピアニストとして応援したい。そう思っていると玄関のインターホンが鳴る。

「いいよ、俺が出るから」

食事の準備をする手を止めて理玖さんが対応すると、私に目で合図した。

誰かな？

時刻は二十時を回っている。思い当たるような来客はいない。すると。

「愛美、ちょっと来てくれ」

玄関から慌てたような理玖さんの声が聞こえる。なにがあったのかと行ってみると。

「わっ！　な、なんですかこれ……」

私のお腹くらいまである大きな段ボールがみっつ、ドンとところ狭しと置かれている。

「君のお父様からだ」

箱の外見からして、それらはベビーカーにベビーサークル、沐浴《もくよく》に欠かせないベビーバスのようだった。

お父さん、ベビーバスはともかく、ベビーカーもサークルもまだ早いんじゃ……。

「ずいぶんと気が早いんだな。けど、小峰社長はいつも仕事の速い人だからこういうことにもそつがないんだろう」

「ぷっ……ふふ」

そういう理玖さんだって、そう思ったら堪えきれなくなってついに私は吹き出してしまった。

「愛美？」

「ごめんなさい。だってまだ産まれてもいないのに、理玖さんもお父さんもふたりして気が早いですよ」

自分も同じく気が早いと言われて理玖さんは意外そうな顔をする。

「でも嬉しい。ありがとうございます」

するとそのとき、テーブルの上のスマホが鳴る。電話の相手はビデオ通話でかけてきた優香からだった。

『愛美ー？　元気してる？』

結婚が許された優香と川野さんは、挙式の準備をするために旅行を兼ねて昨日から沖縄《おきなわ》へ行っている。

「優香からです。わぁ、海が綺麗！」

自撮りする優香の背後に広がるライトアップされた海に、まるで自分もそこにいるような感覚になる。日中ならもっと青々とした海が見られるだろう。川野さんも何度もカメラに向かって会釈している。

「あ、あの！　黒瀬さん、この度はありがとうございました」

「お礼なんて言う必要ないだろう？　すべては君の実力だったんだから」

先日行われたコンペで、川野さんの案件が採用された。思いのほかプロジェクトも順調に進んでいて、理玖さんも「彼を信じて採用してよかった」と満足している。努力が報われて父とも少しずつ良好な関係を築きつつあるようだ。

『海が見えるロケーションで式を挙げたかったの。本当は愛美にもお義兄さんにも来て欲しかったんだけど……』

今の私の身体では長距離の移動は無理だ。まだ安定期にも入っていないし、理玖さんだけでも参列して欲しいと彼に尋ねるも、『俺がいない間になにかあったらどうするんだ』と申し訳なさそうに不参加と返事をしていた。

結婚式か……いいな。

電話を切って心の中でぽつりと呟く。画面の向こうで美しい海に囲まれながら幸せそうにしている優香を見ていると、〝羨ましい〟という感情がじわっと湧き出た。それに梨花さんの海外進出も、なんだか自分だけ取り残されてしまったような気になってもどかしさを感じずにはいられなかった。

理玖さんが作ってくれた料理はパッと料理したと言う割にはしっかりした食事だった。魚の煮つけにほうれん草のおひたし、茄子の漬物、そしておぼろ豆腐と卵の味噌汁、いつもながらどれも美味しくて食欲がなくても彼が作ってくれた料理なら完食してしまうから不思議だ。理玖さんはどんなに仕事で疲れていても、私に負担がかからないようにと家事を率先してやってくれる。だからそんな彼の優しさについつい甘えてしまう。

「愛美、来週の出張だけど、とりあえず行かずに済みそうだ」

「え？」

食事を終え、ソファに座ってまったりしていると理玖さんがお茶を持ってきてくれて隣に座る。

来週の出張、大事な会議があるって言ってたのに？

もしかして、私の身体を気遣ってキャンセルしたんじゃ……。

梨花さんのポストカードや優香からの電話があってから、なんだか胸の奥でモヤついていた。〝私が妊娠しているせいで理玖さんに迷惑をかけているのでは？〟そう思ったらどんどん考えが悪い方向へ向かっていく。病院の先生が妊娠中は精神的にも変化があると言っていた。普段気にならないようなことでも過剰に反応してしまったり、とにかく感情がコントロールできなくなるらしい。

「愛美？」

「大事な会議があるって言ってましたよね、私が妊娠しているせいですか？」

「なんだって？」

やだ、なに言ってるの私。こんなこと言うつもりじゃ……。

つい剣のある言い方になってしまい口をつぐむ。理玖さんもなんだかいつもの私と様子が違うことに気づいて心配そうに顔を覗き込んできた。

「私、理玖さんの邪魔になりたくない。でも現に仕事に影響させてるし、優香の結婚式にだって本当は理玖さんだけでも――」

「愛美」

暴走しかけた私に理玖さんが真剣な眼差しを向け言葉を遮る。彼のその表情にハッとなり、出かかった言葉が喉の奥へと押し戻された。

「愛美、聞いて欲しい話がいくつかあるんだ」

乱れかけた心を宥めるように、理玖さんが私の手をそっと取る。

なんだか改まって言われると思わず身構えてしまう。そんな不安が顔に出ていたのか、「別に悪い話じゃない」と彼は笑んだ。

「俺が出張をキャンセルしたの、自分のせいだと思ってないか？　ほかにも妊娠しているせいで……って自分を責めたりしただろう？」

なんとも図星な問いかけに私はためらいつつも小さく頷いた。

「そんなふうに思わないでくれ。この子は俺たちの子なんだから」

あぁ、そうだ……理玖さんに言われて気づかされるなんて、私はなんて情けない親なんだろう。不都合の原因をすべて妊娠のせいにしたりして、この子を守らなきゃいけない立場なのに。

私はそっと手をお腹にあてがい、「ごめんね」と心の中で呟いた。

「それともうひとつ」

理玖さんが私を優しく抱き寄せて、頭をひと撫でする。こうしているだけで先ほどまでのささくれ立った心もすっかり穏やかになるから不思議だ。

「実は先週、たまたまパリメラで君の演奏を聴いて気に入ってくれた音楽事務所から専属マネジメント契約を交わせないかと打診があった」

専属マネジメント!? 嘘……本当に？

なだらかになった波が再びとぷんと水音を立てるように、私は身体を跳ねさせて理玖さんに向き直る。

「君が妊婦であることを話したら、負担にならないよう在宅で仕事ができるように配慮してくれるらしい」

突然のことで言葉が出ない。何度も目を瞬かせ、理玖さんの言葉を何度も頭の中で繰り返す。

「君が事務所と契約を締結すれば、今後の活動支援は約束される。ピアニストとしての道がもっと開けるということだ。ちなみに事務所は〝ラティス〟だ。もちろん知ってると思うけどね」

理玖さんが片目をパチリと瞑ってニッと唇を弓なりにする。

ラティス音楽事務所——。

知らないわけがない。私は開いた口を手で押さえながら放心した。

ラティス音楽事務所は世界的ブランド主催のイベントでの演奏や、数多くの優秀な演奏派遣実績のある名の知れた事務所だ。けど、なにより驚いたのは、私の母、小峰順子がピアニストとして所属しているところと同じ事務所だったことだ。

「もちろん社長も君の母親が小峰順子であることを承知の上だ。身体のこともあるから、契約の返事は急がないと――」

「やります！　やらせてください！」

胸の前で両拳を握ってずいっと前のめりになる。すると私の意気込みに圧倒されたのか理玖さんが驚いて目をぱちくりさせた。

「こんなチャンス、もう後にも先にもないかもしれないです。お腹に赤ちゃんがいるからこそ頑張らなきゃ。きっとこの子も応援してくれるはずです」

〝ママ、頑張って〟お腹にそっと手を当てるとそんな声が聞こえた気がした。

「わかった。君は頑張り屋で芯が強いからな、きっとそう言うと思ってたよ」

私の身体を気遣って妊娠中、仕事をすることにあまりいい顔をしなかった理玖さんだけど、ようやく私の熱意が伝わったみたいで嬉しい。

「俺も愛美のピアノを応援したい。だから力になれることがあればなんでも言ってくれ。俺は君の一番のファンで理解者である前に、〝夫〟だからな」

私は妻としてまだまだ至らないところもたくさんある。それでもすべてを受け入れてくれる彼に、愛しさが込み上げてくる。

「理玖さんが傍にいてくれたら心強いです。それに、ずっと考えていたことがあるんです」

「考えていたこと？」

「はい、この子の名前です」

理玖さんや父のことを気が早いなんて言ったけれど、私も妊娠がわかったときから男の子でも女の子でもいいような名前をずっと考えていた。

「奏《かなで》っていうのはどうかなって」

音楽を奏でるように人の心を明るくしたり、癒やしになるような子に育って欲しいという意味が込められている。

「なるほど、奏か……いい名前だな。きっと愛美のような一緒にいるだけで心穏やかになれる子に育つよ」

理玖さんが私の肩を抱き寄せこめかみにキスをした。

「けどその前に、俺たちにとって大事なイベントがあるだろ？」

「え？」

出産のことかな？　イベント、なんのことだろ？

うーん、と首を傾げる私に理玖さんがクスリと笑った。

「俺たちの結婚式だよ。俺は愛美にウェディングドレスを着せてあげたいんだ。無事に子どもが産まれたら、式を挙げよう」

結婚式を挙げようなんて、まさか言われると思ってなくて先ほどのマネジメント契約の話に続いてまた私は放心してしまう。純白のドレスに身を包み理玖さんとの永遠の愛を誓う。そんなロマンティックなこと想像もできない。

「ほ、ほんとですか？」

「ああ、嘘なんてついてどうする。約束だ」

「はい、すごく楽しみにしてます」

ピアニストとしての道も拓け、赤ちゃんも順調に育っているし、理玖さんと結婚式も待っている。幸せ続きで怖いくらいだ。

「あ、今すごくいい曲のフレーズが浮かびました」

こういうのはすぐにメモに書き留めておかないとふっと頭の中から消えてしまう。

「愛美が有名になって世界に羽ばたいても、俺はいつだって傍にいるさ。けど……」

慌ててソファから腰を浮かせようとしたら、不意に腕を掴まれて私は理玖さんの胸に引き込まれる。

「羽ばたくのはもう少し待って欲しい、かな？　まだ、俺だけの愛美をじっくり味わっていたいから」

「理玖さん……」

やんわりと私の手が、その温かな手で包み込まれる。いつだって彼の澄んだ瞳に熱く見つめられるとドキドキと落ち着かなくなる。それが指先から伝わりそうで、視線を逸らそうとした。

「愛美、愛してる。これからもずっと……」

逸らすよりも前に理玖さんの優しいキスを唇に落とされ、先ほど浮かんだ曲のフレーズも彼が与えてくる甘い熱にすっかり蕩《とろ》けてしまった。そしてキスが深まる度に、私の身も心もとろとろになっていく。

「理玖さん、私も……愛してます。永遠に」

閉じていた目をゆっくり開くと、私の一番好きな彼の笑顔が輝いていた——。

あとがき

こんにちは。初めましての方も夢野美紗《ゆめのみさ》です。

この度は、マーマレード文庫で四冊目の出版ということで読了していただいた読者様、いかがだったでしょうか？

双子といえど、似ているようで似ていないそれぞれの個性をどう表現しようか悩みました。ですが双子のお話は以前から書きたいと思っていたので、楽しんで執筆することができました。そして、このような形で皆様のお手元にお届けすることができて感無量です！

最後になりましたが、出版・販売にあたり編集を担当してくださった皆様、素敵な表紙を飾っていただいた南国《なんごく》ばなな様、そしてこの作品を読んでくださった読者の皆様に深くお礼と感謝を申し上げます。

また別の作品でお会いできる日を、楽しみにしております！

夢野美紗　拝

marmalade bunko

マーマレード文庫

エリート社長の格別な一途愛で陥落しそうです
～身代わり婚約者が愛の証を宿すまで～

2023年11月15日　第1刷発行　定価はカバーに表示してあります

著者　夢野美紗　©MISA YUMENO 2023
編集　株式会社エースクリエイター
発行人　鈴木幸辰
発行所　株式会社ハーパーコリンズ・ジャパン
東京都千代田区大手町1-5-1
電話　03-6269-2883（営業）
0570-008091（読者サービス係）
印刷・製本　中央精版印刷株式会社

ISBN-978-4-596-52938-1

m a r m a l a d e b u n k o